七月の蟬と、八日目の空

―晴れ、ときどき風そよぐ季の約束―

界達 かたる

講談社ラノベ文庫

口絵・本文イラスト／古弥月

デザイン／おおの蛍（ムシカゴグラフィクス）

「空には時に、河と覚えしものを見る」

ある時、院はわたしに訊《たず》ねられた。

卑しさに満ちたこの身を、なに一つ厭《いと》うこともなく。

「それを天の河と呼ぶ者もおるが、空には真《まこと》に、河があるなどと思うか？」

浅い夢のうちの、静かなひと時。

永遠の時の中で繰り返す、二人きりの終わりなき問対《もんたい》。


――どうでしょう。わたしなどには、確かなことは分かりませんが。

――空には、雲の精ありと、そんな覚えがあります。


かたじけなくもお答えすると、かの院は晴れやかな真夏の空を見上げた。

「雲の精、か。おかしきことを申す」

優しく目を細めた院を真似《まね》るように、わたしも密《ひそ》かに微笑《ほほえ》む。

いつまでも、永久《とわ》にあなたのお傍《そば》に――そう殊《こと》に慕っていたのに。

§

自転車のチェーンが絡まった時みたいな軋《きし》んだ音。きっと私にしか聞こえていない。

夏盛りの山道を登り始めてまだ二十分足らず。膝の痛みは体の中で次第に主張を強めていて、私から歩く気力を削《そ》ごうと静かな悲鳴を上げている。

「そろそろ休むか、晴《そら》」

半歩後ろをついてきている兄さんが不意に言った。ワレモノを運ぶ子供でも心配するような声。こういう時だけはびっくりするくらい勘がいい。

「ううん、まだ歩きたい。早く行ってあげたいから」

「そんな無理しなくていいだろ。別に急ぐ必要だってない」

「そんなの分かんないじゃん。隕石《いんせき》が落ちてくるかも」

「落ちてきてから考えればいいさ」

無茶言うな。目線だけで異を唱えて再び歩き始める。

玉の汗がえくぼの谷をつーっと下って、やがて涙みたいに落ちていく。木々の裏に潜む蟬《せみ》の声が一斉にボリュームを上げた気がした。

山道は背の高い木々に囲まれていて日差しはまばらで、時々、木肌の隙間を縫うように爽やかな風が通り抜けていく。

澄み切った空気は相変わらず喉に優しく、深く吸い込んだらそのまま肺の中に溜《た》めて街まで持って帰りたいくらいだった。この場で吐き出さなければいけないことがなんとも口惜《くや》しい。

木陰に恵まれた山の中でも汗が噴き出すのは、とりわけ私が汗っかきだからじゃなく、単なる運動不足。膝の痛みだってきっとそのせい。そう思うことにする。

「私ね、きついけど、そんなに辛《つら》くはないの。むしろ気持ち的にはいいっていうか。そういうの分かる？」

「大便を出そうと踏ん張っている時みたいな感じか」

「全然違うから。下品。最低」

悪《あ》し様《ざま》に言いながらちょっとだけ笑ってしまった自分が悔しく、対して兄さんはご満悦の様子だった。兄妹揃《きょうだいそろ》ってマゾになったみたいで気持ち悪いけど、幸いなことに辺りには私たちだけしかいない。

心地よい痛みを抱えたまま進んだ先に、私が目指していた場所があった。

神社跡へ続く長い石段——そのすぐ傍《そば》の林の中に広がっている、小さな池。

なにもかもが一年前のままだった。

それなのに、どこか物足りない。ラムネ瓶の中にビー玉を押し込んでしまったあとのような、ぽっかりとした喪失感が胸の中に広がっていく。

後悔なんてない。

寂しさや悲しみも、思っていたほどじゃない。

私はただ、約束を果たしに来ただけだから。

今日まで一度だって忘れることなく、本当にこの場所へ戻ってくることができた。

それだけで、充分なはずだったから。

「なあ、そろそろ教えてくれよ。なんでまたここに来たかったんだ？」

兄さんは息一つ切らしていなかった。大学に入ってからもクラブチームでバスケを続けている図体《ずうたい》はまだまだ余裕そうで、むかつくほど涼やかな顔でこっちを見ている。

片や私は荒くなった息と、虚《むな》しさで満たされた胸の内を整える必要があった。

「だって……綺麗《きれい》でしょ、ここ」

「それは大いに同意するけどな」

「不満？」

「たったそれだけのために、晴がこんな場所まで来たがるとは思えないかなって」

確かに私は、もっと違うなにかを期待してここまで来たのかもしれない。

この時を一年間待ち焦がれ、自分なりに一生懸命、励んできた。

その結果が、この景色とだけの再会だとしても、切なく感じる必要なんかない。

「本当に、これだけなの。私、この場所が本当に綺麗だと思ったから」

「やけに謎めかすな。去年なんてあんなに嫌がってたし、晴にとってはあんまりいい思い出のない場所だと思うけど」

「兄さんにとっては、そうなのかもね」

今度こそ私は心の底から笑いたくなった。私からすれば夢のように美しかった思い出も、兄さんからすれば悪夢のような現実だったことは言うまでもない。

「じゃあ帰ろっか。ほんと、今日は……その、ありがとね」

「お、おう。でも、また上まで行かずに帰るのか？」

「うん。ここにもう一度来られただけで、満足したから」

自分自身を急《せ》かすように言って、透き通った池の空気に背を向ける。

後ろ髪を引かれることもないと思っていた時、どこからともなく現れた微《かす》かな風が耳元を掠《かす》め、私を振り向かせた。

鈴の音のように木霊《こだま》する声は、幻聴にしては鮮やかな輪郭が感じられた。

「晴？　どうかしたか」

「今、風が吹かなかった？」

「風？　まあ、弱い風ならたまに吹いているような気がするけど」

「……そっか」

兄さんの言う通り、重なる林の枝は微かに揺れながら地面に紙吹雪のような木漏れ日を鏤《ちりば》めている。涼やかな葉音の隙間を縫うように聞こえたその声のせいで、どうしようもないほどの懐かしさが嗚咽《おえつ》のように込み上げた。

「やっぱり私、上まで行ってみようかな」

「満足したんじゃなかったのか？」

「たった今、不満足になったの。こんなところで引き返してるようじゃ、あいつにも勝てない気がするし」

「なんだ、ちゃんと本気だったんだな。一対一するって話」

「当然。そこからが本当の始まりだって気がするから……あと、兄さんともね」

「え？　俺とも一対一してくれるのか？　マジかぁ」

困ったように頭を掻《か》く兄さんだけど、その顔がどことなく嬉《うれ》しそうに見えるのは、思い過ごしなんかじゃない。そのことを、私だけはよく知っていた。

「ほら、早く行かないと置いていっちゃうよ」

急ぐ気持ちなんてさらさら感じられないような遅い足取りで、私はまた歩き始める。語りかけるように吹く柔らかな追い風に、背中を押されながら。

——ありがとう、セミちゃん。

声には出さないまま応えて、誰もいない池の景色から離れていく。
目指す神社跡へと続く長い石段に足をかけながら、私は一年前の夏を思い出していた。
セミちゃんと出会い、セミちゃんの最期を見届けたひと夏の記憶。
一生忘れたくない、その一週間のことを——。

一　なつきざす

初花晴《はつはなそら》の夏は、まだ始まったばかりだった。

眩《まばゆ》い日差しもまばらにしか届かない、深い山の中。

林の奥から生まれたそよ風を合図に、擦れ合う青葉の涼やかな音色が静けさを連れ去っていく。

「ばあちゃんの言ってた神社跡まで、もうちょっととってとこか」

山道を登っていく間、晴は兄の晃《あきら》に背負われていた。

傾斜がなくなり、平坦《へいたん》な道に差しかかった頃、晃は一息つきながら晴の体を下ろし、

「ほら、たぶんあの石段を上がった先だ」

手のひらをうちわ代わりにして、火照った顔を扇《あお》いでいる。

片や晴の額には、汗の一粒も見当たらない。けれど涼やかな顔とも言いがたく、山道に立つ彼女は随分つまらなそうに俯《うつむ》いている。

「晴もそろそろ自分で歩かないか？　充分休めただろ」

晃が諭すように訊《たず》ねるも、返答はなかった。晴は黙り込んだまま、どこか怪訝《けげん》そうな面持ちできょろきょろと辺りを見回している。

「晴？　なにか探してるのか？」

「今、誰か……」

「誰か？　いたのか？　こんな山奥に？」

なにか言いかけるも、晃と目が合った途端に口を閉ざす。

「……別に。なんでもない」

「なんだよそれ。なんかあったから言ったんだろ？」

「なんでもないから。気のせいだと思うし」

晃は困ったように頭を掻《か》いたのち、おもむろに晴の前にしゃがみ込んだ。

「とりあえず、またおんぶしてやるから。ほら」

「もういい」

「俺のことなら心配無用だぞ。まだ体が鈍《なま》るほど受験勉強漬けしてないからな。バスケットマンの足腰舐《な》めるなよ」

「じゃなくて、汗だくなのが嫌。くさいから」

「ちょ、今のは心に突き刺さったぞ！　突き刺さった音したぞ！」

「別に、私には聞こえてないし」

「お前なあ、ここまで俺に負ぶわせといて、くさいはあんまりじゃないか？　真夏の山を妹負ぶったまま登って、汗一つ掻くなって方が無理あるだろ」

「なにそれ。私の体が重いって言ってる？　セクハラ。訴えてやる」

「お嬢さんや、恩を仇《あだ》で返すという言葉をご存知で……？」

「背負い直す時、なんかお尻にも手が当たった気がするから痴漢でも訴えられるかな」

「気がする程度で気軽に罪名増やされて堪《たま》るか！　実の妹といえど洒落《しゃれ》にならないから、マジで」

一人で盛り上がる晃をよそに、晴はくすりとも笑っていない。相も変わらず退屈そうに地面を見つめている。

「ったく、分かったよ。当の本人が行かなきゃ御利益もないと思うんだけどな」

「壊された神社に御利益とかバカじゃないの。早く帰りたい」

「はいはい。じゃあ俺一人で行ってくるから。大人しく待っといてくれよ」

「うっさい。子供扱いしないで」

不満ばかり口にしながらそっぽを向く晴。

けれど、いざ一人になると心細く思ったか、覇気のなかった瞳が徐々に潤んでいく。

「兄さんのバカ。本当に、置いていくとか」

ぽつりと零《こぼ》された晴の泣き言が、にわかに吹き抜けた小さな風に攫《さら》われる。

風が向かう先には枝葉の円蓋がわずかに開け、鋭い陽の光を照り返す円《まる》い水面がひっそりと広がっていた。

「池？　こんなところに――」

不思議に思う晴の声が、またも予告なく吹きつけた突風に遮られ、しんとしていた森の空気が無数の葉音に震わされる。

風はほどなく収まったが、池の方に視線を戻した晴は顔を強張《こわば》らせた。

「やっぱり、誰かいるの？」

池の前に浮かぶ小さな影に、晴は魅入られたように近づいていく。

そこには、華奢《きゃしゃ》な少女がひっそりとしゃがみ込んでいた。

針のように細い体つき、その小さな背を覆う長い髪は余すところなく金色に輝き、毛流れの輪郭にさえ淡い光を纏《まと》わせている。丸い瞳は透き通った琥珀色《こはくいろ》ながら、どこか物憂げな気配を閉じ込めたまま暗い池の水面をじっと見つめている。

晴はしばらくの間、少女の背後で立《た》ち竦《すく》んでいた。

なにも言わず立ち去るべきか、それともなにか、声をかけるべきか――そんな戸惑いを顔に滲《にじ》ませながら。

結局、離れようとしなかったのは、予感があったからだろうか。

また前触れもなく強い風が吹きつけると、その風に背中を押されるようにして、少女の体が前のめりに倒れていく。晴はとっさに腕を伸ばしていた。

「待っ――」

刹那、金糸のような髪が、逆さにした扇子のようにふわりと広がる。

眩さにぎゅっと目を閉じた晴は上手《うま》く少女の背を摑《つか》めず、再び目を開けた時には、池の前に独りきりで倒れ込んでいた。

「さっきの子、どこ行っちゃったんだろ。まさか、本当に落ちちゃったとか」

立ち上がって池の中を覗《のぞ》き込《こ》んだ晴だったが、円い水面はやはり静かな様子で、小さな波紋一つ打たれていない。

首を捻《ひね》りながら元来た道を戻った晴は、なにかの気配を感じ取ったかのようにハッとし、近くの木に目を向ける。

「もしかして、さっきの……」

晴の視線の先――桜の木の陰に隠れていたのは、先ほどまで池の前にいたはずの、金髪の少女だった。

少女は根を生やしたように動かず屈《かが》んだまま、じっと晴を見つめている。目尻がつんと吊《つ》り上《あ》がった目は凛《りん》とした鋭さを携え、瞬《まばた》き一つ見せることがない。

「ねえ、さっきそっちの池にいた子だよね。違う？」

切羽詰まったような晴の問いかけに、少女はようやくぱちぱちと目蓋《まぶた》を動かす。

「誰、あなた」

薄い唇から発せられたその問いかけからは、愛想や愛嬌のようなものがまるで感じられなかった。

　晴はすっかり面食らっていたが、それでも少女との対話を諦める様子はなく、

「私は、晴。晴れるって書いて『そら』って読ませるの。夏休みだから、この近くにある
おばあちゃんの家に遊びに来てて」

「そう」

「うん。それでね、さっきあなたがそっちの池に落ちそうになったのを見た気がしたんだ
けど。でもあなた、全然濡《ぬ》れてないよね。どうして？」

「知らない。分からない」

「いや、でも私、確かにあなたを見たはずなの。池の前にしゃがんでて、そこで私、確か
にあなたのこと」

　晴は上手く言葉を続けられないでいた。

　まだ混乱しているのか、あるいは言葉にするのをためらっているようにも見える。

　少女は律儀に待つことなどせず、おもむろに腰を上げて立ち去ろうとする。その後ろ姿
に、晴はようやく声を上げた。

「待って――あなた、死のうとしてた。そうでしょ？」

すげなく遠ざかっていた背中が止まり、ほっそりとした足首がゆっくり返される。

「なんで、分かったの」

「えっと……さっき、あなたを見た時にね。なんとなくそんな気がして」

「なんとなく？」

「うん。本当に死ぬつもりだったの？」

「分からない。でも、死にたいって、ずっと思ってる」

「なんで、そんなに死にたがってるの？」

意を決したように晴が訊ねると、少女は無表情のまま俯き、

「なんで？」

「あ、その……私でよかったら、相談に乗ってあげられないかなと思ったんだけど。死にたいなんて考えるほど思い詰めるなんて、よっぽどだと思うし、私なんかじゃ力になってあげられないかもだけど」

「うん、なれない」

「え、そんなきっぱり言う？」

「どうしようもないことだから。だから、死ぬ」

再び遠ざかろうとする少女に対し、晴は「待ってよ」と語気を強め、

「そんなこと言わずにさ、話すだけ話してみない？」

「みない。死ぬから」

「そんな、軽々しく死ぬ死ぬって。もうすぐ私の兄さんも来ると思うからさ、それまでここで私と──」

　晴のひどく気遣うような声に、少女はようやく振り返り、

「じゃあ、晴は追いかけてきてくれる？　わたしのこと」

「え？」

「もし、そうしてくれたら、死なないと思うから」

「追いかけるって、どういう」

「よーい、どん」

　抑揚のない声で言うと、少女はまた前を向き──走り出す。

「ちょ、待ってよ！　ねえ！」

　晴も突き動かされるように足を動かし、華奢な少女の背中を追い始めた。


　下り坂に差しかかると、二人の距離は目に見えて離れていた。

「ちょ、速過ぎ……ていうか、なんで急に、こんな」

　下山の途中、少女の速さに音を上げたのか、晴が膝に手をついて立ち止まる。木陰では

どよく涼んでいた顔には、すでに大粒の汗がいくつも浮かんでいる。

それでも、道の先で息一つ切らすことなく待ち構えている少女を見るや、晴はしかめていた顔を無理やりに微笑《ほほえ》ませた。

「上等じゃん。こっちだって、元運動部なんだから！」

自らに活を入れるように叫び、再び走り始める。

闇雲に振り回すように腕を動かし、角を曲がっていく少女の背を捉えようとぐんぐん山を下っていく。

対して、少女は相変わらず疾風《はやて》のように駆け、丘陵を弾んで転がる小石のように軽やかな足取りで山道を下っていく。

そんな少女も、山の入り口まで来たところでぴたりと足を止めた。まもなく晴も息を切らしながら追いつき、古寂《ふるさ》びた赤い鳥居の下で苦しそうに膝を折る。

二人が山を下りた先には、夏らしい田舎の風景が広がっていた。

水稲が瑞々《みずみず》しく波打つ青畳のような田面《たづら》に、真っ白な入道雲がそびえる紺碧《こんぺき》の空――。どこを切り取っても趣《おもむ》きを感じさせる風情で満ちていたが、そうした美しい景色を見て楽しむ余裕は、今の晴にはなさそうだった。

「ほんと、待って。もう走れないから。こんな、走ったの、部活以来だし」

汗だくになった晴のもとに、少女が飛び跳ねるような歩様《ほよう》で近づいてくる。

目線を合わせるように屈んで覗き込む顔はまだまだ余裕そうで、呼吸もまったく乱れていなかった。

「部活って、なに？」

「私？　バスケ部だったけど」

「バスケ部？」

「そうだよ、バスケットボール。知ってるでしょ？」

少女がきょとんした顔で首を傾《かし》げると、晴は手の甲で額の汗を拭いながら立ち上がり、

「もしかして、バスケを知らないの？」

「知らない」

「でも、アメリカ人じゃないの？」

「アメリカ人？」

「いや、ごめん。金髪だからアメリカ人っていうのは私の偏見だった。でもまさか、バスケを全然知らないとは思わなかったから」

ささやかな風が吹き抜け、少女の長い前髪がひらひらと揺れる。

「バスケ知らないいなら、今度見せてあげようか」

晴からの提案に、少女はわずかに顔を傾けて、

「できるの？」

「もちろん。私はスリーポイントシュートが得意だったの。すっごく遠くから打つシュートのことなんだけどね。どうせだったら、いつか一緒にやってみようよ」

「やらない。もうすぐ死ぬから」

「またそんなこと言って。冗談でもやめてよ、そんな風に言うの。そもそもあなただって、死のうとして失敗したんだよね？　さっき、池に身を投げようとして」

「知らない。全然分からない」

「本当に覚えてないの？　でも、確かに私が止めようとして……それにほら、お互いに服も濡れてないみたいだし、やっぱり失敗したんだよ。そうでしょ？」

「別に、どうでもいいことだから」

呟《つぶや》くように言うと、少女は鳥居の傍《そば》にあった石造りの長椅子に座った。

晴も呆《あき》れたように溜《た》め息《いき》をつきながら、少女の隣に腰を下ろす。

「約束通り、追いかけてきたんだから。死にたがってる理由、話してくれるでしょ？」

「そんなに、知りたいの？」

「知りたいっていうか、なんとなく放っておけない気がするから。あなたのこと」

どこか取り繕うように微笑む晴に対し、少女はやはり笑うことがない。

小さな顔を俯かせ、美しい両目もすだれのような前髪の内側に隠している。

「誰からも、好きになってもらえないから」

やがて、囁《ささや》くような声で少女は答えた。

これまでの平坦な声とは少し違い、喉の奥から絞り出したような息苦しさを滲ませて。

「好きになってもらえない？　それが理由なの？」

「うん」

「……そう、なんだ」

晴は微《かす》かに悲しげな顔をしたが、ほどなく安堵《あんど》したような微笑みに取り替えた。

「じゃあ、もし私が好きになるって言ったら、生きてくれる？」

その問いかけに、少女はおもむろに顔を上げ、晴と目を合わせる。

「晴が？　本当に？」

「もちろん。大体、誰からも好きになってもらえないなんて、そんなことあるはずないんだから。どういう事情か知らないけど、うちの学校にいたら絶対モテると思うよ。こんなにかわいいんだから誰も放《ほ》っとかないよ」

手放しで褒めた晴だったが、気恥ずかしくなったのかやがて微かに頰を染めた。

「とにかくね、そんな簡単に死ぬなんて言うのはよくないってこと。ほかに悩みとかあるなら私が聞いてあげるからさ」

「……晴が、本当に好きになってくれるなら、いいよ」

「ほんとに好きだってば。正確には、これから好きになってあげられるってことだけど、同じことでしょ？」

「じゃあ、約束。好きになってくれるって誓い」

「誓いって、指切りみたいな？　なんか子供っぽいなぁ」

面映《おもは》ゆげに言いながらも、晴は右手の小指を差し出そうとする。

俯くのをやめた少女は、丸まっていた背筋を反るくらいにぴんと伸ばし、

「違う。誓いは、こうやる」

ほとんど吐息のような声で囁きながら、晴に身を寄せ――唇を重ねた。


「～～～～っ⁉」

大きく目を見開いた晴は、ほどなく少女の両肩を摑んで引き離した。

「ちょ、なんで⁉　なんでいきなりキスしたわけ⁉」

問い詰める晴の顔は、火を灯《とも》したように赤く染まっている。

対して、少女は相変わらず人形のように無表情で、まつ毛一つにも変化が見られない。

「ねえ訊《き》いてる？　なんで急に、キスなんか」

「晴が、好きって言ってくれたから」

「ええ？」

「好きな人同士なら、することだから」

　晴は真っ赤な顔のままぽかんとし、ほどなく頭を抱えた。

「そういうのは恋人的な好きでやるものであって、私が言ってる好きとは違うから！　外国とかだと当たり前なのかもだけど、それでも唇はやり過ぎ――って、待ってってば！　またキスしようとしてるでしょ！」

　再び近づいていた少女の体を、晴が両腕を張って遠ざけた。

　この時初めて、少女は微かに寂しそうな顔になり、

「やっぱり、ダメ？」

「当たり前でしょ！　さっきのだって私……は、初めてだったんだから。まさかこんな形で、それも女の子となんて」

「……ごめんなさい」

　涼やかな眼差《まなざ》しが悄気《しょげ》るように伏せられる。

　少女が見せた分かりやすい落胆に、晴は『しまった』という顔をし、

「そんなしょんぼりしないでよ。私もちょっと言い過ぎたから……その、一応訊いときたいんだけど、あなたってあれ？　女の子の方が好きとか、そういう感じ？　だからキスしたの？」

「晴が、好きって言ってくれたから」

「……？　好きになってくれるなら、男も女も関係ないみたいな？」

「別に、気にしない」

「な、なるほど。そういう感じね」

晴はなにかを納得したものの、顔には困ったような苦笑いを浮かべた。

「まあ、好きの形は人それぞれだからいいと思うけどさ。とにかくこれで、死ぬのは思い留まってくれるんだよね？」

「じゃあ、もう一回？」

「じゃない！　キスはもうしないから！」

「なんで？　好きなのに？」

「私の言う好きは、友達的な好きだから。友達同士でキスなんて普通しないでしょ？」

「じゃあ、普通はなにするの？」

「そりゃ、一緒に遊ぶとか。どこかに出かけたり、家でゲームしたり」

「ゲーム？」

「まあ、私は家にずっといるより、外でみんなとバスケする方が好きだったけどね。あなたはどう？　この辺りの子たちってどういう遊びをしてるの？」

何気ない訊ねにもかかわらず、少女は思いのほか考え込んでいた。

やがて晴が気まずそうな顔をし始めた頃、少女はようやく「おにごと」と、思い出したように呟く。

「おにごと？　なにそれ」

「みんなで鬼を追いかける。そういう遊び」

「鬼ごっこってこと？　この辺じゃそういう風に言うんだ……ていうか、普通は鬼が追いかける方だと思うけど」

「違う。鬼は追いかけられる方。さっきみたいに」

「さっきみたいって、それじゃあなたが鬼ってことになるけど」

「それで合ってる。わたしが鬼で、晴が追いかける」

「え、もしかしてまた走るの？」

「うん、遊ぶ」

困惑する晴をよそに、少女は杉林の木陰から日なたへと飛び出していく。金色の髪が明るい日差しに照らされ、いっそうきらきらと輝きを増す。

「ちょっと待ってよ。こんな暑い中でさっきみたいに走ってたら、私の方が死んじゃうよ」

「晴も、死んじゃうの？」

「いや、あなただってもう死ぬわけじゃないでしょ？　そう約束したんだから」

「……うん、死なない。もうちょっとだけ、生きてみる」

「もうちょっと？」

「うん。あと、一週間だけ」

「一週間？　そのあとは？」

「分からない。その時また、考える」

はあっと、晴は長く大きな溜め息をついた。

「なんでたったの一週間？　蟬《せみ》じゃあるまいし」

「蟬？」

「聞いたことない？　ほら、大人になって土の中から出てきた蟬は、地上だと一週間しか生きられないって話」

「知らない」

「まあ、本当はもっと生きられるらしいから、ただのたとえ話だと思うけど。でも、蟬って案外ぴったりかもね。さっき山の中で会った時も、蟬みたいに木の裏にいたし。いっそセミちゃんって呼んじゃおうかな、なんて」

「いいよ、それで」

少女の二つ返事に、晴は目をぱちぱちとさせ、

「ほんとに言ってる？　私、冗談のつもりだったんだけど」

「いい。晴がそう呼びたいなら」

「いや、別にめちゃくちゃ呼びたいわけじゃないんだけどさ。教えてくれるならちゃんと

した名前で呼ぶけど」

「教えられない。知らないから」

「え？」

「わたしの名前、知らないから」

林の道から、また強い風が吹き抜ける。

木の葉の擦れ合う音がはっきりと響く中で、聞き覚えのある大声が届いた。

「おーい！　晴ー！」

ハッと振り返った先、鳥居の向こう側から晃が小走りで晴のもとまでやってきた。

「一人で下りてきてたのか。随分捜したんだぞ」

「別に、下りたくて下りてきたわけじゃないから。なりゆきでっていうか」

「なにわけの分かんないこと言ってんだよ。待ってるって約束だったじゃないか。心配させやがって」

「ほんとのことなんだから仕方ないじゃん。そもそも、なんで私がこんな山なんかに」

「まだそんなこと言ってんのかよ。まあいいか、一応用事は済ませたわけだしな……にしても晴、随分汗だくじゃないか。なにかあったのか？」

「いいから、とりあえずお茶ちょうだい。ていうか、口つけてないよね？　兄さんとまで間接キスとか、ほんとごめんだから」

「なんだその言い方は。まるでほかの奴《やつ》とやっちゃって参っているみたいな。また大樹君《たいき》と痴話喧嘩《ちわげんか》した時の話か？」

「な、なんで今あいつの話になるのよ！　あんなの別に関係ないから！　バカっ」

晃が携えていた水筒を無理やり奪い取ると、晴はごくごくと大きく喉を鳴らして飲み干し、潤んだ口元を手の甲で思い切り拭った。

「行儀悪いぞ。もっと女の子らしくだな」

「うっさい。喉渇いてたんだからしょうがないじゃん」

「五〇〇を一気するほどか？　山下りて一体なにやってたんだよ」

「それはその、説明すると複雑なんだけど。ちょっと、追いかけっこしてたの。この子に付き合わされて」

晴が背後にいる少女を指差すと、晃は「はあ？」と眉根を寄せた。

「晴、暑さでどうかしちまったんじゃないか」

「ちょ、言い方ひどくない？　そりゃ、なんで鬼ごっこって思うかもだけど、この子も色々とわけありみたいで」

「いや、だから誰なんだよ、この子って」

「え？　誰って、ここにいる……」

晴は再び少女に目を向けたが、晃の胡乱《うろん》な眼差しは晴に向いたままだった。

「ここにって、俺たち以外誰もいないじゃないか。一体誰の話をしてるんだ、晴？」

二　かげろう

朝方。そう呼ぶには少し遅い時間だった。

六畳ほどの座敷《ざしき》の中、眠っていた晴《そら》が重たげに目蓋《まぶた》を開ける。

仄《ほの》かに甘い藺草《いぐさ》の香りに包まれた室内には、障子紙で濾《こ》された陽の光が雪洞《ぼんぼり》の灯《あか》りのように淡く差し込んでいる。

「……そっか。おばあちゃんの家に来てるんだった」

晴が思い出したように呟《つぶや》いた時、障子とは反対側にある襖《ふすま》が勢いよく開かれた。

「入るぞー。って、起きてたか」

晴れやかな顔つきの晃《あきら》が入ってくると、晴は分かりやすく表情を曇らせる。

「ちょ、勝手に入ってこないでよ」

「入るぞって言っただろ」

「開けてから言っても意味ないから。私が着替え中とかだったらどうするわけ」

「どうもしないか、兄らしく妹の着替えを手伝ってやるかだな」

「絶対嫌。死んでもそんなこと頼まないから」

「そうか？　なら、せめてもう少しくらい早く起きたらどうだ。いくら夏休みだからって十時過ぎまで寝てるのはどうかと思うぞ」

今度はからかうように言われ、晴はますます不機嫌そうな顔になる。

「うっさい。今日はちょっと、考え事してたら上手《うま》く寝つけなかっただけだから」

「考え事って、もしかして昨日のことか？　セミちゃんって女の子がいたとかいなかったとかって」

「……っ」

晴はようやく腰を上げると、起き抜けのぼさぼさな髪に手櫛《てぐし》を通していく。

――セミ。それは昨日、晴が山で出会った少女につけた呼び名。

晃が山から下りてきた時、セミは間違いなく晴のすぐ後ろに立っていた。晴は自身に起きた不可思議な現象について話すため、晃にセミのことを紹介するつもりでいた。

しかし晃には、セミの姿がまるで見えていなかった。

――『俺たち以外誰もいないじゃないか。一体誰の話をしてるんだ、晴？』

戯れで言っているような目ではなかった。

晴がセミを指差しても、視線を送ろうとも、晃の瞳に映っていたのは晴の姿だけ。

戸惑うばかりだった晴は、晃の言動を疑っているうちにセミから目を離してしまい——再び振り返った時には田圃《たんぼ》の風景だけが広がっていた。

まるでセミと呼んだ少女など、初めから存在していなかったかのように。

「確か同い年くらいって言ってたよな？　金髪で、白いワンピースを着てたって。そんな絵に描いたような外国の女の子が住んでるようなところかね」

「なに？　まだ私が嘘《うそ》ついてるって言いたいわけ」

「そうじゃないけどさ。昨日の晴、なんか変だった気がしたからな。俺の目がおかしいとか、なんであの山まで来たのか覚えてないとか、あと妙に俺のこと嫌ってたりとか」

「最後のは間違いなく平常運転だと思うんだけど」

「傷つくなぁ。幼稚園くらいの時は口を開けば『お兄ちゃんアイラブユー！』って抱きついてきてな、そりゃあもうかわいさ余ってかわいさ百万倍だったあの晴が……」

「バッカじゃないの。幼稚園児がわざわざ英語で言うわけないじゃん。朝っぱらから調子狂わせないで」

「へいへい。でも、心配してるのは本当だからな。いきなり一人でいなくなるとか、それだけはマジ勘弁な」

晴はなにも言い返さなかったが、ほどなく晃が畳の上に敷かれていた布団を片づけ始めると、しびれを切らしたように振り返り、

「いつまでいる気？　早く戻って参考書にでも齧《かじ》りついてれば？」

「あとで飢えた狼《おおかみ》のように齧りついてやるさ。布団は畳んどいてやるから、晴も早く着替えて飯《めし》食べてこいよ」

「その着替えができないから言ってるんだけど」

「ああ、やっぱり手伝ってやった方がよかったか？　どれどれ……」

「いいから出てけっての！　バカ！　変態！」

畳みかけの布団など構うことなく、晃を無理やり室外に追い出す晴。

ぴしゃっと襖が閉められると、やがて悲しげな足音がゆっくり遠ざかっていく。

一人になり、晴はようやく寝衣の上着を脱ぎ始めた。露《あら》わになった上半身が座敷に置かれていた姿見に映り込む。

優しい半円を描く胸元の膨らみ、その下の微《かす》かに浮き出た肋骨《ろっこつ》をおもむろに指でなぞると、晴は物憂げな顔で襖を見やった。

「……ついてこなきゃよかったのに。兄さんなんて」

居間で遅めの朝食を済ませた晴は、まっすぐ部屋には戻らなかった。長い縁側に踏み入り、赤松の若葉が茂る庭の景色に一瞥《いちべつ》もくれることなく通り過ぎていく。

日なたと日陰の境になっている角を曲がると、晴はようやく目当ての人物を見つけたようだった――通路を遮るように置かれた深い黒柿色の安楽椅子、そこにゆったりと腰かけている祖母のハルの姿を。

「おはよう、おばあちゃん」

晴の声で、うたた寝でもするように瞑目《めいもく》していたハルが微かに目蓋を開ける。二日月のように細い糸目ながら、柔らかで優しげな眼差《まなざ》しは昔からなに一つ変わっていない。

「ああ晴、おはよぉ。昨日はよく眠れたかい？」

「うーん、どうだろ。家ではいつもベッドだから」

「悪《わり》かったねぇ、うちには布団しかなくてねぇ」

「別にいいよ。それより、おばあちゃんもまだ眠いの？　居眠りしてたみたいだったけど」

「いやぁ、おらはお祈りしてただけだ」

「お祈り？　誰に？」

「神様にだべ。今日も一日、見守っててくださいって」

訛《なま》りの強いしわがれ声で言うと、ハルはまた目を伏せ、深い皺《しわ》がひしめく両の手を合わせる。晴はどこか呆《あき》れたように見ていたが、再び視線を上げたハルは、人当たりのよい笑みを浮かべていた。

「そういや、昨日は晴もよくがんばったみてえだね」

「え、昨日？」

「山登り。おらもね、足が悪くなる前までは、毎日通ってお祈りしてたんだけどね」

ハルは労《いたわ》るような手つきで自身の右足をさすった。

安楽椅子の肘かけには、光沢のある木製の杖《つえ》が引っかけられている。

「んでも、晴たちが代わりに行ってくれてちょうどよかったべ。あそこの神社はね、今は本殿は町ん中に移ってっけど、山ん中にも鳥居とか祠《ほこら》とかはそのまんまだから」

「そうなんだ。私は、神社跡までは登らなかったから」

「そうかい？　健康祈願にいいと思ったんだけどね」

「大袈裟《おおげさ》だよそんなの。それにあの山、なんかちょっと不気味っていうか、ずっと誰かに見つめられてるような気がして」

「神様が見守ってくださってるんだよ。晴のためにね」

「それもそれで不気味なんだけど……まあ、視線はたぶん気のせいかな。あと私の場合、登るより下りる方が大変っていうか、なぜか鬼ごっこする破目になっちゃったし」

「鬼ごっこ？　そうかい、兄妹仲睦《きょうだいなかむつ》まじいことは、いいことだべ」

がくりと、晴は膝から崩れ落ちそうになった。

「いやいや、兄さんとやってたわけじゃないから……あ、そういえばさ、この辺りに海外から来た人って住んでたりする？」

「ああ、最近よく見るって聞くね。この辺は田圃もハウスも多いから」

「どういうこと？」

「農業は人手が不足してっから、最近は外国から来てる人を雇ってるらしくてね。色んな国から働きに来てるって聞くべ」

「へえ、ちょっと意外かも。じゃああの子も、そういう人の子供とかなのかな」

「なんだい、もう友達ができたのかい？」

「まあ、昨日色々あってね。そのことで、今日もちょっと出かけてくるから」

「そうかい。晴は偉《えれ》えな。おらも見習わなんだがね」

微笑《ほほえ》みかけるハルの言葉に、晴はどこかくすぐったそうな顔になる。

「別に、偉いってことはないと思うけど」

「いんや、偉えよ。おらもたまには、外を歩いた方がいいって言われてっけどねぇ。おらの足もよぐよぐだから」

「よぐよぐ？」

「んう？　ああ、この辺りの方言でね。調子がよくねえって意味でね。晴は今日も、晃と一緒かい？」

「まさか。一人で行ってくるよ」

「大丈夫かい？　一人じゃ、もしなにかあったらねぇ」

「スマホも持っていくから大丈夫だよ。兄さんだって受験勉強あるだろうし」

「じゃあ、また神様にお祈りしないとね。今日も晴たちのこと、見守ってくださいますようにって」

また念仏のように唱え始めたハルを見て、晴は密《ひそ》かに鼻で笑いながら踵《きびす》を返す。

日陰の静けさが染み込んだ赤松の裏で、迷い込んだ一匹の蟬《せみ》が日なたの熱気を呼び込むようにじんじんと鳴いていた。


この日は玄関にあったつばの広い麦わら帽を借りて出た晴だったが、歩き始めて十分と経《た》たずに被《かぶ》るのをやめていた。日差しの熱よりも、帽子の裏地がチクチクするのが気に入らなかったらしい。

昼前には昨日訪れた山の入り口まで来ていた。木陰になっている鳥居の下で一息ついた晴は、ふとなにかを警戒するような顔つきになって振り返る。

「また、この視線……誰かいるの？」

きょろきょろと辺りを見回し始めた晴だったが、杉の木の後ろにしゃがんでいる少女の姿を見つけるや、安堵《あんど》したように相好を崩していた。

「セミちゃん。また会えたね」

晴の声かけに、俯《うつむ》いていたセミがぼんやり顔を上げる。葉陰の隙間から小麦色の日差しが散らばるように零《こぼ》れ、華奢《きゃしゃ》な両肩に載った金色の髪をちかちかと光らせている。

「いてくれてよかった。昨日はいつの間にかいなくなってたし、幻だったんじゃないかって思ったんだから」

「違う。ちゃんといる」

にこりともせずに言うと、セミは晴の左手を掴《つか》みながら細い腰を上げる。

「晴のこと、待ってた」

「私を？」

「ここにいたら、また会えると思ったから」

琥珀色《こはくいろ》の両目にまっすぐ見つめられ、晴はどこかくすぐったそうな表情になる。

「昨日はごめんね。私の兄さんが急に来たから、びっくりして帰っちゃったんだよね」

「あれ、晴のお兄さんだったの？」

「不本意ながら。逃げたくなる気持ちも分かるよ、あんなアホ面《づら》兄さん前にしたら」

「ちょっと、晴に似てた」

がくっと、晴はその場で膝を折りそうになる。

「冗談でもやめてよ。それよりさ、昨日は兄さんのせいで訊《き》きそびれたんだけど。自分の名前が分からないって言ってたよね、セミちゃん」

「うん。言った」

「どういうことなの？　名前がないってわけじゃないんだよね」

「名前は、あったと思う。でも、今は分からない」

「思い出せないってこと？　ほかになにか、覚えてることはないの？」

セミはしばらく黙り込んだ末、わずかに顔を横に傾ける。

「昨日、晴と遊んだ」

「あ、うん。それは私も知ってる」

「晴と、キスした」

「それも知ってるから！　ていうか思い出させないでよ、ただでさえ暑いのに――わっ」

予告もなくセミが歩き始めたため、晴はぐっとその場に踏み留まり、

「ちょっと、どこに連れてく気？」

「出かける。どこかに」

「はい？」

「晴とは、友達だから。どこかに出かけたり、ゲームしたりする」

口をあんぐりさせる晴だったが、元はといえば自分で蒔《ま》いた種だった。セミに手を引かれる形で、晴は再び日なたのあぜ道へと引っ張り出される。

「ねえ、ほんとは嘘なんじゃないの？　自分の名前が分からないなんて」

道中、晴はどこか気遣うように訊《たず》ねる。

「なにか言いたくない事情があるんじゃないの。親と喧嘩《けんか》して家出してるとかさ。下手に名前を教えたら帰されるとか思ってるんでしょ」

「違う。分からないから、教えられないだけ」

「なにがあったのか知らないけど、私にとってセミちゃんはセミちゃんでしかないし、たぶん名前聞いても家とかぴんと来ないと思うから。外国の人なら尚更《なおさら》——」

「これ、なに？」

セミはまた唐突に足を止め、道の横に広がっている耕作地を指差す。背の低い半透明の設備が半分に割った竹を伏せたように建てられている。

「なにって、ハウスでしょ。農家さんの」

「ハウス？」

「そ、ビニールハウス。中で野菜とか育ててるの」

「この中で？　なんの野菜？」

「いや、そんなの私に言われても……あ、もしかしてだけどさ、ここでセミちゃんの親が働いてたりとか？」

「親？」

「今朝ね、おばあちゃんから聞いた話なんだけど。この辺りは外国から来た人が農家さんのところで結構働いてるらしいから。本当はセミちゃん、自分の親が働いてる農家さんを探してるんじゃないかと思って」

　セミはきょとんとした眼差しのままだったが、なにかを確信したらしい晴は途端に声音を明るくさせていた。

「そういうことなら任せて、って言いたいところだけど、こういうビニールハウスとかって勝手に入っちゃいけないんだよね。中にも誰もいなそうだし」

　ちょうどその頃、道を少し進んだところにある一軒の屋舎から出てきた老年の男性が、二人のもとまで歩いてきていた。

「うちのハウスの前でなにやってんだ？」

「えっ……あ、すみません。ちょっと気になって、眺めてただけで。外国の人が働いてるって聞いたので」

　男性は白い無精髭《ぶしょうひげ》に手を当てながら訝《いぶか》しげな顔をしたが、年相応にたじろぐ晴を怪しくは思わなかったようで、

「今日はもう来ねえぞ。収穫は早朝にやっから」

と、人当たりのよさそうな笑みを交じらせながら答えた。

　これには晴も、強張《こわば》らせていた顔つきをほっと和らげ、

「じゃあ、外国の人が働いてるのは本当なんですね」

「ああ、この辺じゃ別に珍しくもねえ。うちは中国人が三人おる」

「中国？　外国の人ってみんな中国の人なんですか？」

「うちは農協経由で入れてっから。よそはフィリピンだのベトナムだの、最近じゃインドネシアも増えてるな」

「あの、金髪の人っていますか？　あと、子供がいる人とか」

「子供？　まさか。ほとんどが三年で国に帰んだ。いたとしてもこっちに連れてくる奴《やつ》なんていねえしな」

「子供が、いない……」

「金髪はいねえこともねえだろうが、そういうのは大抵こっちに来てから染めた奴だな。うちじゃそういうのは認めてねえけど、金が入ると染めたがる奴は多いって聞くなぁ」

晴は黙り込み、隣にいるセミをちらりと見やった。根元から毛先まで余さず金色の髪が穏やかな風に従って揺れ動いている。

「嬢ちゃんは、この辺りの子じゃねえみたいだな」

「あ、はい。今はおばあちゃんの家に来てて」

「そうか、夏休みだもんなぁ。その麦わらは被ってねえのか？」

「ちょっと、頭がチクチクするのが気になって」

「貸してみろ。すぐ戻ってくっから」

男性は晴が右手に持っていた帽子を受け取り、ビニールハウスの中へ入っていく。しばらくして、男性は麦わら帽をひっくり返した状態で持ちながら戻ってきた。

「ほいよ。持っていきな」

晴はすでに目を丸くさせていた。返された帽子の中には、真っ赤に熟れたイチゴが山のように入っていた。

「おじさん、イチゴ農家だったんですか？」

「ああ、この辺は有名な産地だかんな。普通のイチゴは春頃までだけど、この品種は夏に収穫すんだ。熟れ過ぎて今食わねえともったいねえ分だから、気にせず持ってけ」

「あ、ありがとうございます。でも、こんなにたくさん」

少しだけ戸惑う晴を見て、男性は初めて口をどっと開けて笑った。

「はっはっはっ、食い切れそうにねえか？　無理もねえかな、嬢ちゃん一人じゃなぁ」

「え？　一人……？」

晴は隣に目を向ける。

そこにはまだ、間違いなくセミの姿がある。

けれど男性の両目は、困惑する晴にだけ向けられたまま――。

「嬢ちゃん、どうかしたか？」

「ええと……イチゴ、ありがとうございました！　もらっていきます！」

「あっ、おい」

男性の呼び止める声にも構わず、晴は麦わら帽を持ったままその場を走り去った。

再び汗だくになりながら戻ってきたのは、先ほどまでいた山の入り口。杉林の木陰に入り、鳥居のすぐ傍《そば》にある石の長椅子に帽子を置いた。

「分からなくなってきちゃった。セミちゃんのこと」

細い腕で額の汗を拭い、晴は振り返る。セミはやはり涼やかな面持ちで佇《たたず》み、淡い夕陽《ゆうひ》のような色を湛《たた》えた静かな両目で晴を見つめている。

「おばあちゃんから外国の人が多いって聞いた時は、セミちゃんもそういうとこの家の子なのかなって思ったの。でも、さっきのおじさんは子供なんていないって言ってた……それに、私のこと一人だって。兄さんと同じこと言ってた」

晴は力が抜けたように後ろの椅子に座り込んだ。山の中からサアサアと風が吹きつけ、汗まみれの体にべったりと重たい湿気が張りつく。

「どうして誰にも見えていないの？　セミちゃんは、本当にそこにいるんだよね？」

「いる。ちゃんと、ここにいる」

うな垂れた晴のもとに、セミがゆっくりと近づいてくる。

微かに、寂しげな笑みを零しながら。

「晴には、見えてるから。晴だけが、わたしを見てる」

「私、だけが?」

「そう。でも、それだけでいい。晴は、わたしが好きだから。友達だから。違う?」

「……違わないよ。私も、もう友達だと思ってるから」

晴はぎゅっと結んでいた唇をほどき、少しだけためらいがちに答える。

「でも、だからこそ、このままじゃダメな気がするの」

「ダメ?」

「セミちゃんが私にしか見えてない幻なのか、幽霊みたいな存在なのかは分からないけど、もしそうならきっと、なにか理由があると思うの。こんな風に存在してる理由が」

「……分からない。わたしは、なにも覚えてないから」

「だからだよ。セミちゃんもきっと忘れちゃってるんだよ。本当は自分がなんだったのか。誰からも好きになってもらえないなんて思い込んでたのも、そもそも今まで、誰にも見えていなかったからじゃないかな」

セミの手を優しく取り、力強い眼差しで晴は言った。

「でも、きっと大丈夫。今は私がいるから。セミちゃんのこと、ちゃんと見えてるから。がんばって一緒に思い出してみようよ。もしかしたら私以外の人にも見えるようになるかもしれないし、それに、もし幽霊だっていうんなら——」

なにか言いかけた晴だったが、すぐに「ううん」と首を横に振り、

「とりあえずさ、もらったイチゴでも食べない？　私も少しお腹空《なかす》いてきちゃったし」

帽子の中に積まれた真っ赤な実を一つ摘まみ、口へと運ぶ。

途端、晴はパッと笑みを咲かせた。

「甘っ！　すっごい美味《おい》しいよこれ！　ほら、セミちゃんも食べてみて」

しばらくきょとんとしていたセミだったが、ほどなくその場にしゃがみ込み、ねだるように大きく口を開ける。晴は少しだけ呆れたように笑いながら、蔕《へた》が外れているイチゴを選んでセミに食べさせた。

「……んっ、美味しい」

あまりに端的で、平坦《へいたん》な感嘆。

それでも、薄紅の小さな唇は静かに綻んでいる。

晴の前で初めて見せた、幸せそうな笑みだった。

二人で山盛りのイチゴを平らげたのち、晴は「町の中を見て回ろうよ」と提案した。

「色んな場所に行ってみたらなにか思い出すかもしれないでしょ？　この辺りは田圃ばっかりだけど、向こうの方とかは家やお店もあったし。住んでた場所の近くまで行けば気づけることも多いと思うの」

「晴が行くなら、わたしもついてく」

「もちろんだよ。あとこの帽子、セミちゃんに貸してあげる。私はどうせ使わないから」

セミは素直に受け取り、小さな頭に麦わら帽を被せた。

「どう？　チクチクしない？」

「甘い匂いがする」

「あはは、きっとイチゴの匂いだね。私もまだ指に残ってるよ」

「わたしの指も、同じ匂いする」

くんくんと嗅いだ自身の右手で、再び晴の左手を握るセミ。

町へ向かって歩き始めてからも、セミが手を繋《つな》ぐのをやめる気配はなかった。炎天下の午後、手のひらを介した温《ぬく》もりは晴にとっては少しだけ暑苦しかったようで、

「ねえセミちゃん。私の手汗とか気にならない？」

「全然」

「そう？　セミちゃんって手を繋ぐの、好きなんだね」

「好き。一緒にいるってことだから」

「なんか重いなあ。まあ、別にいいんだけどね。友達にもこういうのに全然抵抗ない子とかいるけど、私は結構恥ずかしいタイプなんだよね」

「晴の、友達？」

「そ、みんなバスケ部だけどね。引退してからは全然会えてないけど」

「バスケは、前も聞いた。スリーポイントシュート？」

「よく覚えてたね。ちなみにそれは、私が得意だったシュートのことね」

「うん。いつ見せてくれるの？」

「うーん、見せてあげたいのは山々なんだけど、バスケットゴールがないといけないからね。確かこの近くに学校があったよね。ほら、あそこ、グラウンドの隅っことかに」

高い杉の木に囲われた広い敷地《しきち》の中を覗《のぞ》き込《こ》み、晴は「あっ」と高い声を上げる。

「ほら、あれがバスケットゴールだよ。板に輪っかがくっついているやつ。あの輪っかにボールを入れるからバスケットボール」

「じゃあ、見られるの？　晴のスリーポイントシュート」

「そうだね、見せてあげられるかも」

「じゃあ、今から行こう」

言うが早いか、セミが晴の手を引いて駆け出そうとする。

「ちょ、待ってよ。今すぐってわけには」

晴がその場に留まろうとしたため、セミは不思議そうな目をして振り返った。

「ダメ？」

「いや、ダメっていうかさ。今はセミちゃんの記憶を取り戻すために辺りを見て回ってるわけだし、それにボールもないから。また今度ね」

「今度って、いつ?」

「それは分からないけど。それより、この学校とかは見覚えないの?」

「ない。全然」

清々《すがすが》しいほどの即答だった。晴は小さく溜《た》め息《いき》をつき、くっついたように離れない手を引きながら再び道を歩き始める。

青々とした田圃道、古びた石壁が続く隘路《あいろ》、広く緩やかに流れる河川の上に架かった長い橋——。

夕刻まで散策を続けたものの、セミがなにかを思い出すことはなかった。祖父母の家もある集落の近くまで来た頃には、道の四辻《よつつじ》で兄の晃とばったり遭遇していた。

「おお、晴も今帰りか?」

「……………………最悪」

「ちょ、出会って五秒でひど過ぎないか? 一人でどこ行ってたんだよ。ラインしたのに返事もないし」

「したじゃん、返事」

「あっかんべーのスタンプだけが返事の内に入るかっての」

「心配いらないってことは伝わってるんだから充分でしょ」

「ったく……まあいいか。がんばってることには変わりないしな。偉い偉い」

頭をぽんぽんとされた晴は、少しだけ顔を赤くして晃の手を振り払う。

「子供扱いしないで。兄さんこそ、受験生のくせに観光にでも行ってたわけ？」

「誤解だ。観光できるような場所なんて、この辺りにはない」

「その言い方はひどくない？　近所の人たちから怒られても知らないからね」

「いや、確かに言い過ぎたが、遊んでいたわけじゃないってことだ。この道をちょっと上がった先に図書館があるから、そこで勉強していたんだよ。多目的ホールと一緒になってな、八角くらいの錐台《すいだい》形の建物がくっついてて、なんかこう特殊な殺人事件でも起きそうな感じでな……」

滾々《こんこん》と湧き出る泉のように話し始めた晃をよそに、晴はセミを連れて角を曲がった。その道を進んだ先に祖父母の家がある。

「ごめんね、セミちゃん。兄さんがお喋《しゃべ》りバカで」

「やっぱり、晴と似てる」

「だからそれは言わないでって。にしても、これだけ歩き回ってもなんの収穫もなかったね。分かったことといえば、やっぱりセミちゃんは誰にも見えてないってことだけかな。私以外には、だけど」

「うん。晴にだけ」

不意にセミが足を止めたことで、晴も歩くのをやめた。

「セミちゃん？　どうしたの」

「もう、帰らないといけないから」

「帰るって、どこに？」

「分からない。でも、晴が帰るなら、わたしも――」

ついに離れかけたセミの手を、晴がハッと両手で繋ぎ止める。

「晴……？」

「セミちゃん、鈍感過ぎ。なんのためにここまで一緒に来たと思ってるの？　帰る場所が分からない友達を放っておくなんて、そんなの友達じゃないでしょ」

再び左手で繋ぎ直した晴は、どこか不安げな目のセミに向け、優しく微笑みかける。

「一緒に帰ろ。セミちゃんがなにか思い出すまでは、傍にいてあげるから」

両の手のひらで弾《はじ》くように放ったボールが、空に向かって舞い上がる。

頭の中で描いた通りの、理想的な放物線。

──きっと夢を見ているんだと思いながらも、そのシュートが入るのを確信して、私は微笑《ほほえ》まずにはいられなかった。

「くそ、また負けた!」

ボールがネットを潜《くぐ》ってすぐ、目の前にいた男の子が地団駄を踏む。

何度も見た覚えがある悔しそうな姿が、どうしてか懐かしく感じられた。

「なんであんな、適当に打ったみたいなのが入るんだよ。絶対おかしいって」

「おかしくないよ。ちゃんと狙って打ってるし」

私は毅然《きぜん》と言い返したけど、男の子は納得がいかない様子で、

「一対一で外からシュートばっかなんて邪道だろ。ドリブルで抜いてこその一対一だ」

「ドリブルで抜いても決めたじゃん。一番初めにやった時」

「あれは、ちょっと油断してたからで」

「へえ、あんな盛大に転んでたくせに?　すってんころりんって、絵本のキャラみたいに」

「外だから滑るんだよ。砂だし、バッシュでもないし」

言い訳ばかりの男の子に、私もちょっと苛々《いらいら》し始《はじ》めていた。二人きりだったらボールを投げつけるくらいはやってたかも。

そしたら間違いなく大喧嘩《おおげんか》だったけど、そうはならない理由もちゃんとあった。

「ふふっ、喧嘩するほど仲がいいって、二人のことを言うんだね」

ベンチに座っていた同い年の女の子が間に入ってくる。

からかうようなその子の笑みに、私と男の子は息を揃《そろ》えたように振り向いて、

「「誰がこんな奴《やつ》と！」」

と、声までぴったり合わせてしまっていた。それがまた、その女の子にとってからかいの種になるとも気づかずに。

「ほら、やっぱり仲よし」

「今のは、お前が変なこと言うから」

「別にいいんじゃない？　ていうかみっともないよ。晴《そら》のシュートが上手だからって、あれこれ言いがかりつけるの」

「だって、悔しいじゃんか。男なのに負けてばっかとか」

言い聞かせるような女の子の言葉で、男の子がようやく素直な気持ちを零《こぼ》し始《はじ》める。

私にとって幼馴染《おさななじみ》と言っていいこの二人は、割と珍しい男女の双子だった。

小学校で知り合ってから結構経《た》つけど、どっちが姉とか兄に当たるのかはよく分かっていない。

男の子に訊《き》けば「絶対俺！」ってうるさいし、女の子は「どっちでもいいけど、あたしだって聞いた気がする」なんて曖昧に答える。

「一対一に男とか女とか関係ないでしょ。上手な方が勝つだけなんだから」

「お前だって、負けっ放しのくせに」

「晴にはね。でも今のところ、勝った数はあたしが二番みたいだけど？」

「さ、三人の中で二番ってだけの話だろ。そんなの自慢げに言うなよ」

「三人の中で三番よりはマシって話。そんなこと言うんなら、今度から晴に挑む時は自分で直接言えばいいのに。わざわざあたしに伝えさせなくてもさ、同じクラスなんだし」

「面と向かって誘ったりなんかしたら、からかわれるんだよ。ただでさえ、負けっ放しって知られて恥ずいのに」

「情けなさ過ぎ。そんなんだからあたしにも負けるんじゃないの」

「〜〜〜っ、くっそぉ！」

また子供みたいに地面を蹴る男の子。と言っても、この頃はまだ本当に小さな子供だったけど。

私は出会った時から、この二人はきっと姉弟なんだと思っていた。いつだって男の子は少し幼く見えて、女の子は大人っぽいと感じていたから。

この時だって、女の子は喧嘩しそうになった私たちの間に立って、自分自身に矛先を向けさせることで丸く収めようとしている。ただ頭ごなしに喧嘩をやめるように言うより、ずっと賢い。

女の子の思惑に私はひっそり感心していたけど、男の子の方はたぶん気づいてさえいない。そう思うと私自身も多少は賢くなれた気がして、ちょっとだけ安心する。

「じゃあ、まずはお前を倒してからだ！　晴との決着はそのあとつけてやる」

「はいはい。じゃあ次は晴が休憩ね」

「うん……あ、それなら私、飲みもの買ってくるね。みんなもう水筒空っぽでしょ？」

「そうだね。ならあたしは、スポドリがいいかな」

「じゃあ俺は……」

「サイダーでしょ、知ってる。ガンガンに振って持ってくるから」

「はあ⁉　ちょ、なら炭酸じゃなくて――」

私はべえっと舌を出して拒否し、バスケットコートから駆け出した。

公園の入り口にある自動販売機に着くと、私はまずスポーツドリンクとサイダーを一本ずつ買った。

最後に自分の分を悩んだ末、男の子と同じものを選んでいた。

「本当に振って持っていったら、あいつ怒るかな」

冷たいペットボトルを抱えながら、自然と笑みが零れてしまう。サイダーが弾け出して慌てふためく男の子の姿が簡単に想像できる自分が、少しだけおかしかった。

想像の中だけに留《とど》めるために、私はゆっくり歩いて戻ることにした。腕で抱えていた方が冷たくて気持ちよかったけど、私の体温でぬるくならないようボトルの首の部分を指の間に引っかけるようにして持っていた。私にとっては慣れた持ち方のはずだった。

それなのに私は、バスケットコートまで戻ってきて、砂の上にあえなくペットボトルを落としていた。

「……なん、で……？」

誰もいないコートを見て、私はどうしようもなく悲しくなった。

二人はどこへ行ったのか。

どうして急に、いなくなってしまったのか。

なにも分からない。

分からないはずなのに、悲しみがパチパチと、泡のように噴き出す。

――違う。私は、夢を見ているんだ。

初めから分かっていたはずなのに、気づいていたはずなのに、どうしてか、涙が止まらなくなっていた。

目の前のバスケットコートが涙の中に沈むと、私の意識は少しずつ遠のいていった。

三　あめのおり

六畳間の座敷《ざしき》で新しい朝を迎えた晴《そら》は、目を開けないまま自らの頬を指で撫《な》でていた。

「私、泣いてる……？」

右の頬が、微《かす》かに濡《ぬ》れている。

晴は目を開け、すぐ隣に顔を傾けた。

「んんっ……」

「うわっ――って、なんだセミちゃんか」

跳ね起きた晴だったが、ただセミが寝ているだけだったことに胸を撫で下ろす。

――祖父母の家までセミを連れてきたのは、ほかならぬ晴自身だった。

記憶もなく、晴以外には誰にも見えていない少女。

帰る場所さえ分からないと答えた彼女に、晴は一緒に来るよう伝えた。セミがなにかを思い出すまでは、ずっと一緒にいると約束していた。

「これ、セミちゃんの涎《よだれ》じゃないよね」

晴はおかしそうに呟《つぶや》きながら、雫《しずく》を垂らしたセミの口元をつついている。

昨日の夕方、セミはこの座敷に入るやぺたんと座り込み、晴が声をかけてもどこかうつらうつらとしていた。晴が居間での夕食を終えて戻ってきた時には、畳の上でころんと横になって安らかな寝息を立てていたのだった。

夜には晴が布団を敷き、セミに寄り添う形で消灯を迎えたが、今朝に至るまでセミは一度も目を覚ましていない。布団の上で未《いま》だ赤子のように華奢《きゃしゃ》な背を丸めている。

「お腹《なか》とか空《す》かないのかな？　まさか、本当に幽霊だったりして」

今度はセミの頬や、柔らかな髪に触れ始める晴。

昏々《こんこん》と眠っていたセミもさすがにくすぐったさを覚えたのか、微かな呻《うめ》き声《ごえ》を上げながら仰向けに寝返りを打った。

その拍子に、衣服の隙間から青白い素肌が露《あら》わになる。

「もう、ワンピースだけで寝たりするから……ちょっとは恥ずかしさとかないのかな」

溜《た》め息《いき》交じりの文句を零《こぼ》したちょうどその頃、襖《ふすま》の外側からミシミシと足音が響くと、晴は弾《はじ》かれたように背筋を伸ばした。

「起きてるかー？　入るぞー」

「ちょ、待っ――」

しかし、待たれなかった。

襖は間髪容《い》れず開かれ、礼儀とは無縁そうな顔をした晃《あきら》がにこやかに踏み入ってくる。

晴はすぐさま腕を伸ばし、壁際に追いやられていた薄い掛布団であられもない格好のセミの体を覆い隠した。

「お、今日はちゃんと起きてたか。偉い偉い」

「なにが偉いよ！　勝手に入ってくるなって昨日言ったばかりなのに！」

「今度は入る前に言っただろ、入るぞーって」

「返事を待たずに入ったらそれは勝手と一緒なの！　バカ！　変態！」

「変態って、別に着替え中だったわけじゃあるまいし」

「そういう問題じゃないから！　ていうかこっちに来てまで毎朝毎朝、起こしに来なくてもいいのに……」

そっぽを向くように立ち上がりながら着替えの準備を始める晴。

しかし晃が出ていく様子が窺えなかったからか再び振り返ると、晴は唖然《あぜん》とした表情になる。

「なんだ。なにか隠してるのかと思ったが」

晃はなぜか、掛布団を持ち上げて中を覗《のぞ》いていたのだった。

「ちょっ、なにやってるわけ⁉」

「いや、俺が部屋に入った瞬間、晴が布団の中になにか隠したみたいに見えたからな。てっきりまたやらかしてるのかと」

「や、やらかすってなによ!?　しかも、またって」

「いつだったか、子猫をこっそり拾ってきて飼おうとしてたことあっただろ？　ベッドに小便されたかなんかで随分騒いでな、自分がやったたって誤魔化《ごまか》そうとしてたじゃないか」

「い、今更そんなこと思い出させないでよ。最っ低！」

晴はいつも以上に顔を赤くさせていた。

単純な恥ずかしさとは別に、激しく戸惑うだけの理由が今の彼女にはある。

恐らくこの時にも、晃にセミの姿は見えていない。それは晴自身も分かっていること。とはいっても、晴の両目にはこう映っている――布団の上にほとんど半裸のような状態で寝転んでいるセミを、実の兄が不思議そうに凝視している――という奇妙な光景に。

「昔の晴は博愛精神に溢《あふ》れてたからなぁ。それが朝っぱらから最低なんて叫ぶ子になっちまって……はあ」

「朝っぱらからウザ絡みしてくる兄さんが悪いんでしょ！　ていうかいつまでそうしてるわけ？　ほんっとにキモいよ？　その、絵面的に！」

「絵面？　ちょっとなに言ってるのかよく分からんが。とりあえず布団はまた片づけとくから早く着替えろよ。後ろ向いててやるから」

「あ、ダメっ……やめてってば！　このっ！」

「ちょ、急に押すな――うわっ⁉」

無造作にセミの体に——もとい布団に触れようとした晃を、晴がとっさに引き剝《は》がそうとする。

中腰だった晃は体勢を崩して倒れ込み、足をもつれさせた晴も晃に覆《おお》い被《かぶ》さる形になっていた。

「……まさか、妹に押し倒される日が来るとはな」

「〜〜〜〜っ！　へ、変態！」

バチン、と平手打ちの音が座敷に木霊《こだま》する。

騒がしい兄妹《きょうだい》の後ろでは、セミがまた小さく呻きながら寝返りを打ち、丸めた掛布団をほっそりした腕と太ももで挟み込むようにして抱き締めていた。

文字通り晃を叩《たた》き出《だ》したあと、晴は身だしなみを整えたのちに座敷をあとにした。未だ深い眠りについているセミのことはひとまず放っておくことにしたらしい。

居間の襖は随分立てつけがいいのか、音もなく滑らかに開かれた。室内には森の中とは違う人工的な涼気と、味噌《みそ》の仄《ほの》かな香りが立ち込めている。

「おお、お先に」

晃は卓袱台《ちゃぶだい》の前に胡座《あぐら》をかき、茶碗《ちゃわん》に山盛りの白飯を口の中に掻《か》き込《こ》んでいた。わずかに腫れた左頰には晴の手形が面白いようにくっきり残っている。

中に入って襖を閉めた晴は、返事をしないまま晃の向かい側に腰を下ろした。

卓袱台の上には、よそいたてらしい晴の分の朝食がすでに用意されている。

居間には晃しかいない。誰が準備をしてくれたのかは明白だったが、晴はこれといって感謝などしていないようで、

「おじいちゃんは？」

と、素っ気ない声で訊《たず》ねていた。

「ばあちゃんを病院に連れていったよ。こっから少し遠い総合病院らしい。今日は昼から土砂降りかもしれないらしいから、朝のうちに行っておきたいんだって」

晴は相槌《あいづち》さえ打たなかったが、それで晃が口を閉ざすことはなく、

「ばあちゃんな、最近は前にも増して上の空だったり、独り言も多いらしくてさ。足だけじゃなくて、そっちの方もじいちゃん心配してたから、時間かかるかもな」

「ご飯の時に病院の話なんてやめて。辛気くさい」

「な、なんちゅう理不尽な。晴がじいちゃんのこと訊いたから教えてやったのに」

「うっさい」

少し掠《かす》れた声で言って、黙々と箸を動かし始める晴。

晃は「へいへい」と気の抜けた返事をしながらも、やはり黙り込む気配はなさそうで、

「ま、思ってたより元気そうでよかったけどな。この家も、バリアフリーのためにリフォームするって聞いた時は、ちょっと寂しい気もしたけど。手すりとかスロープとか付いただけでほかは昔のまんまだったし、なんと言っても日本家屋は畳じゃなくっちゃな」

「うっさいって言ったばっかりなんだけど。お喋《しゃべ》りをおかずにしないとご飯が進まない人なわけ？」

「そんなことはない。朝食にシャウエッセンなんて、朝のおかずとしては充分過ぎるくらいだ。納豆もあるしな」

「なら黙って食べてよ。ぺちゃくちゃ喋ってばっかりなんて、行儀が悪い——ぶふっ⁉」

突如、晴は口にしていた味噌汁を噴き出しかけた。すんでのところで零さなかったが、胸の辺りに手を当ててケホケホと小さく咽《むせ》ている。

「晴？　大丈夫か？」

身を乗り出して心配する晃をよそに、晴の視線はいつの間にか開かれた襖へと向けられていた。

「——晴、ここ？」

眠たげに目を擦《こす》りながら現れたのは、座敷に放置してきたはずのセミだった。

真っ白な一張羅は右の肩紐《かたひも》が二の腕の辺りまでずれ落ちて、今にも脱げてしまいそうなほど危うい。晴が仰天したのも無理もないような気がした。

「やっと見つけた、晴」

晴の姿を捉えると、セミは居間に踏み入って食卓の方までとぼとぼと近づいてくる。いくら晃に見えていないといっても──あるいは、見えていないからこそなのか──晴は分かりやすく顔を慌てさせていた。

「ちょ、待っ」

「どうした？　喉になにか引っかかったのか？」

「いや、兄さんじゃなくて」

「あれ？　襖、開けっ放しじゃないか。いつの間に」

「く、クーラーの風で開いたとか？　全然力入れなくても開くくらい軽いし──っ！」

言い繕っているさなか、畳の上で横になったセミが晴の太ももに頭を載せたせいか、晴はむず痒《がゆ》そうな顔になる。

「今朝の晴は随分と百面相してる気がするけど、本当にどうかしたのか？」

「な、なんでもないから！　こっち見んなバカ！」

「おお、怖っ。怖いから味噌汁飲もっと」

晃からの疑問を躱《かわ》したあと、晴は脚の上で丸くなっているセミに小声で話しかける。

「セミちゃん、なんでこっちに来たの？　部屋で待っててよかったのに──きゃっ！」

太ももの上でセミがもぞもぞと動き、寝返りを打ったことで晴がこそばゆそうな声を上げた。これにはまた晃が怪訝《けげん》な眼差《まなざ》しを向けてきたが、晴はキッと睨《にら》みつけてなにも言わせずやり過ごし、再び下に視線を落とす。

「あんまり動かないでよ、くすぐったいから」

「——いるって、言ったから」

「え？」

朧《おぼろ》げな呟きに訊き返すと、今度は輪郭がはっきりとした声が返ってくる。

「傍《そば》にいるって、約束してくれたから」

——『セミちゃんがなにか思い出すまでは、傍にいてあげるから』

琥珀色《こはくいろ》の瞳が微かに、不安げに揺れている。

セミにしてみれば、それは堪え切れない孤独だったのかもしれない。

慣れない座敷の中で目を覚ました時、晴の姿はどこにもなかった——傍にいると誓ったはずなのに。約束したはずなのに。

その寂しさは、肌を触れ合わせている晴にも伝わったのかもしれない。

「……ごめんね。知らないうちに独りなんて、嫌だったよね」

晴は呟くように謝り、太ももの上の小さな頭を優しく撫でる。

セミは微かに首を動かしたきり、晴が食事を済ませるまでじっと体を丸めていた。

朝方にはすでに暗雲が垂れ込めていた空模様は、正午を前にして篠突《しのつ》くような雨の色に染まっていた。

自身の座敷に戻った晴は、折り畳んだ敷布団《しきぶとん》を背もたれにし、ほとんど寝ているような状態でくつろいでいた。セミは晴の太ももがよほど気に入ったのか、居間の時と同じような体勢でぐったり寝転んでいる。

無為な時が小一時間ほど流れた頃、晴の上でセミがころんと寝返りを打った。

「今日は、出かけないの？」

「え？　そりゃあ、この雨じゃね」

晴は自分の手元を見るのに夢中で、どこか気の抜けた返事になっていた。

セミは不思議そうに見上げたのち、今度は晴の隣に並ぶようにして寝そべる。

「なに見てるの？」

「これ？　スマホだけど」

「スマホ？」

「うん、スマートフォン。見たことない？」

「ない。初めて」

興味深そうに覗き込んでくるセミに、晴は少しだけ目を丸くさせ、

「スマホを知らない人なんて初めて見たよ……あ、でもセミちゃんって記憶がないんだっけ。スマホのことも忘れてるだけで、本当は知ってたのかもしれないよ」

「これ、なにに使うの？」

「うーん、色々？　一番はラインとか電話するためだけど、写真撮ったりゲームしたりもできるよ」

「ゲーム。前、晴が言ってた」

「私が？」

「友達は、一緒に家でゲームするって」

――『そりゃ、一緒に遊ぶとか。どこかに出かけたり、家でゲームしたり』

「あー、ごめん、私はあんまりやらないからさ。アプリもそんなに入れてないんだよね」

「ゲーム、できないの？」

「別にゲームやるばっかりが友達じゃないから。スマホ使うなら動画見るばっかり、って人も多いと思うよ」

晴はスマートフォンの表面に指先で触れながら、セミに体を寄せる。

「セミちゃんもなにか見てみる？　私は猫の動画とか好きだからさ、おすすめによく上がってくるんだけど。これとか結構かわいいよ」

「かわいい？」

「うん。私も猫飼いたくってさ、子供の時に親に無断で拾ったことがあったんだけど……」

晴は自身の昔話を聞かせながら、セミと共にスマートフォンに映る子猫のじゃれ合いなどを眺め始める。

セミの表情には、相変わらず大した変化が見られない。

そのせいで楽しく感じているのか定かではなかったが、かといってつまらないわけでもなさそうだった。晴の手元を覗き込むために身を乗り出し、いつの間にか晴よりも熱心な様子にさえ見受けられる。

昔話も一段落した頃、晴は少しうとうとし始めたようで、寝入るように目を伏せる瞬間が多くなっていた。

しかしほどなく、セミに体を揺さぶられ、

「晴、なんか変わった」

「えっ？　なに、動画が？」

寝惚《ねぼ》け眼《まなこ》を擦っていた晴だったが、手元に目を向けた途端、顔をハッとさせる。

「……自動再生にしてたから、別のおすすめ動画になっちゃったんだね」

「これ、なんの動画？」

「試合だよ。バスケの試合」

「バスケ？　晴が言ってた？」

「そうだけど、全然知らない人たちの動画だから。さっきの猫の動画に戻してあげるね」

「ううん、見る」

「え？」

「バスケ、見てみたいから」

晴はなにも答えず、また思いのほか熱心そうなセミに付き合って一緒に動画を見ていた。

「……セミちゃん、これ面白い？　ルールとか全然知らないんだよね」

「うん、知らない」

「なのに見たいなんて、セミちゃんは変わってるね」

「本当は、晴のバスケが見たい。スリーポイントシュート」

「好きだねそれ。でも、今日は絶対無理だよ。午後からはもっとひどい天気らしいから」

雨は降りやむどころか、更に勢いを増しているようにも見える。

時間が経《た》つにつれ、晴は手元のスマートフォンから目を逸《そ》らすようになっていた。わざとらしく欠伸《あくび》をしたり、居心地が悪そうにもぞもぞと体を動かしたりしている。

「やっぱり、ほかの動画に変えない？　つまんないでしょ、全然知らない人たちの試合なんか見てたって」

「晴は、つまらないの？」

「いや、私じゃなくて、セミちゃんがさ」

「違う。晴がそう思ってる。昨日も、そうだった」

「昨日？」

「バスケ、できたのに。しようって言わなかった」

一瞬、晴は言葉に詰まっていたが、そのまま黙り込んだりはしなかった。

「昨日はその、色々と忙しかったからで」

「晴は、したくないの？　バスケ」

「そういうわけじゃないよ。引退してから全然できてないし、久しぶりに思いっ切りやりたいって気持ちはあるよ？」

「じゃあ、やればよかったのに」

「だから、昨日はボールもなかったわけだし。それに、セミちゃんの記憶を取り戻すために色々回ってたわけだから。バスケなんかやってる暇、なかったでしょ？」

「……わたし、いない方がよかった？」

「なんでそんな風に言うの？　そんなこと、別に言ってないじゃん」

晴の口調が段々と強くなるにつれ、セミは顔を俯《うつむ》かせていく。

そのことに気づいたのか、ほどなく晴もバツが悪そうに顔を背ける。

二人はしばらく口を閉ざしたが、その気まずげな沈黙も、おもむろに顔を上げたセミのおかげでそれほど長くは続かなかった。

「晴は、怖くないの？」

「え？」

「わたしのこと。怖くないの？」

繰り返された問いかけに、晴は答えるのをためらわなかった。

「正直ね、よく分からないの。私にしか見えてない子なんて、確かに怖いような気はするんだけど。そういう風には全然思わないの」

「どうして？」

「どうしてだろうね。でも、初めて見た時から、一緒にいるのが当たり前のような気がして……だから最初の日、セミちゃんが急にいなくなった時ね、胸騒ぎがしたの」

「胸騒ぎ？」

「うん。このままもう、二度と会えないんじゃないかって気がして。セミちゃんが死にたいなんて言ってたから、そんな風に思っちゃったのかも。だから、私がいてあげなくちゃって。なんとなくだけどね」

　髪を撫でる時のような優しい声で、晴は言った。

　セミはやはり無表情のままだったが、俯いた時のような気まずさはもうどこにも残しておらず、ただ混じりけのない素直な眼差しで晴を見つめている。

「ねえ、晴」

「ん？」

「明日は、晴れるかな」

「さあ……どうかな」

「晴れたら、できる？　晴のバスケ」

　片言のような問いかけに、晴は軽い笑みを零した。

「やむならいいけど、これだけ降ってるんじゃね」

「明日も、雨？」

「分からないよ。もし晴れたって、地面が乾いてなかったら嫌だよ？　靴とかボールとか凄《すご》く汚れちゃうし」

「晴れて、地面が乾いてたら、いいの？」

「そんな奇跡が起こったらね。あと、ボールも見つけなきゃ」

「じゃあ、約束」

それだけ言うと、セミは満足したように目を瞑《つぶ》って晴の肩に寄りかかった。

降りしきる雨の音は、閉め切った座敷の中にまで微かに忍び込んでいる。

晴は微笑《ほほえ》みを仕舞った顔を仰向けて、青空など望めるはずもない木目の天井をつまらなそうに見上げていた。

四　ひでりけれど

　土砂降りも日を跨《また》ぐことはなく、翌日の空には雲一つ描かれていない晴れやかな青が漫々と広がっていた。布団から起き上がった晴《そら》も天気の回復具合にすぐ気づいたのか、着替えも済ませないまま縁側まで出て、

「なんか、嘘《うそ》みたいに晴れてるんだけど……」

　雨の残り香さえない庭先を見て、少なからず驚いていた。

　また、この日はセミも早起きで、縁側まで来た晴のあとにぴったりついてきており、

「バスケ、できそう？」

　と、起き抜けにしてはぱっちり開いた目で訊《たず》ねていた。

「このままカンカン照りなら、地面もぐちょぐちょのままじゃないかもね」

「じゃあ、できるね」

「待って、バスケをするにはボールもいるんだから。これぱっかりは祈ってどうにかなるものじゃないし」

「ボール、ないの？」

「どうだろ。一応、おばあちゃんには訊《き》いてみるから。セミちゃんはとりあえず、私が朝ご飯済ませて戻ってくるまで部屋で待ってて。昨日みたいなのはもう勘弁だからね」

この時珍しく、セミは少しだけ寂しそうな顔をして、

「晴と一緒、ダメ?」

「そんな子犬みたいな目で見ないでよ。どうせ一緒にいても、みんなの前じゃ私と話もできないんだよ? 私は別にいいけど、喋《しゃべ》りもせずにじっとしてるって約束できる?」

「たぶん」

「うーん、もうちょっと前向きな言葉が欲しかったかな」

「努力する」

「前向きだけど、なんか政治家っぽくて嫌かも」

その後は晴が丁寧に言って聞かせたこともあり、セミも座敷《ざしき》で待つことに渋々ながら同意したようだった。

これで昨朝の二の舞にはならないはずだったが、我慢し切れなくなったセミがまたふらりと現れるかもしれないことを危惧したのか、居間での晴はことあるごとに出入り口の襖《ふすま》を気にしていた。

結局はセミが言いつけを守ったために何事も起こらず、無事に朝食を済ませた晴は居間に残り、ハルと二人きりになったところで用件を切り出した。

「ねえおばあちゃん。この家のどこかにバスケットボールってあったりする？」

「んう？　はて、どうだったかね。あるとしたら納屋の中だけど。前に晃《あきら》が置いていったのがある気がするね」

「兄さんが？　いつの話？」

「今の晴くれえか、もちっと前だったかねぇ。なんでそれを探してるんだ？」

「その、今日はちょっと、バスケしに行こうかなと思ってさ」

「バスケ、できるのかい？」

「え、知らなかったの？　私も小学生の頃からずっとやってるんだけど」

「ああ、そうだったねぇ。晃も晴も上手だってねぇ、おらは見たことねえけど」

「うん、まあ……とりあえずボールを探しに行ってくるから。納屋って庭にある小屋のことだよね」

「ああ。晃に訊いてみたらいいべ。ボールは晃のだから」

「いい、自分で探すから。兄さんには言わないでね」

「ああ、晴が出かけるなら、お祈りしないといけないね。今日も一日、何事もなく過ごせますように。見守ってくださいますように」

ハルが目を瞑《つぶ》って合掌を始めると、晴はどこか呆《あき》れたような顔をしながら居間をあとにした。

縁側の踏石で藁草履《わらぞうり》を履き、庭の隅に押しやられたように建っている古い納屋まで歩いていく。

納屋の戸はかなり立てつけが悪いらしく、開けるまでに晴が随分苦労していたところに、偶然通りかかったような顔をした晃が陽気な足取りでやってきた。

「やあお嬢さん。なにをお探しで？」

「……うざっ。なんでここにいるわけ」

晴は分かりやすく嫌悪感を露《あら》わにさせたが、晃の顔は実に晴れやかだった。

「ばあちゃんから聞いたんだ。晴がボールを探してるってな。手伝うぞ」

「兄さんには関係ないことでしょ」

「関係なくはない。俺が使ってたボールを探してるわけだからな。たぶん空気入れもどこかにあるはずだ」

「あっそ。じゃあ責任持って兄さんが探して、空気も入れて。埃《ほこり》っぽくて嫌だから」

「お、おう。突然の女王様だな。まあ任せとけ」

晴は日陰の縁側に移動し、納屋の中でいそいそと探しものに励む兄の姿をぼんやり眺めていた。

ほどなく晃が目当てのもの――バスケットボールを抱えてやってくると、晴はぷいとそっぽを向く。

「あったぞ、空気入れも。ボールはベコベコだけど、破けてはなさそうだな」

「あっそ。別に破けててもよかったのに」

「なんでだよ？　バスケがしたいから探してたんだろ。結構なことじゃないか」

「別に、私は」

なにかを言いかけた晴だったが、言葉を呑《の》み込《こ》むようにぐっと堪《こら》えたのち、

「ねえ、兄さん。おばあちゃんって、私もバスケしてたって知らなかったの？」

「ん？　そんなことはないだろ。父さんたちにとっては、俺と晴が部活で活躍してることが自慢の種みたいだったし、ばあちゃんにもよく電話で話してたの見たぞ」

「だよね。おばあちゃん、やっぱり足以外の具合もよくないのかな」

「なんの話だ？　それよりほら、空気もばっちり入ったぞ。六号ボールが六年ぶりに復活ってな」

嬉《うれ》しそうに話す晃に、晴は聞こえるかどうか分からないような低い声で「ありがと」と呟《つぶや》いたのち、

「あれ、六号？　兄さんのボールだったんでしょ？」

「そうなんだが、厳密に言うともらいものでな。小六の時に中学生の先輩から譲り受けたものなんだ。もう使わないものだからって」

「先輩って、まさか女子の？」

「いや、男だ。今でこそ中学男子は高校生と同じで七号、女子は六号ってサイズだけど、俺が小六の時までは男子も六号ボールだったんだよ。で、当時小六だった俺は早く中学生のボールに慣れておきたかったから、喜んでこのボールをもらい受けたわけだが……俺が中学に上がる時には七号になると知って不要になった。それでばあちゃん家に置きっ放しにしてたってわけさ」

「つまり兄さんは、その先輩から不要な可燃ゴミをまんまと押しつけられたってこと？ダサッ。しかもおばあちゃん家の納屋に捨ててるとか」

「されど天の巡り合わせ、ゴミにはならずに済むわけだ。こうして晴が使うわけだし、これがまた中学生女子にぴったりの六号ときてるしな。六年越しの伏線回収というわけなのだよワトソン君」

「バッカじゃないの。とりあえず、ボールが使えることは分かったから。納屋は兄さんが閉めておいてね。ボールは玄関にでも置いといて」

冷ややかに言いつけながら去ろうとする晴だったが、晃に「チョマテヨ」とおかしな声色で呼び止められ、

「どこでバスケするんだよ。近くにどっかゴールがあるのか？」

「兄さんには関係ないでしょ。机に齧《かじ》りつくご予定がおありでしょうから」

「机じゃない、参考書だ。さりとて兄ちゃんだってたまの息抜きくらいはしたいものさ。

それに一人でやったってつまらないだろ？　バスケは団体競技なんだぜ」

「なに、私と一対一でもしようってわけ」

「まさか。俺のことはボール拾いくらいに思ってくれりゃいいさ。晴は思う存分、得意だったシュートを打てば――」

「ふざけないで」

晴の荒い声が、晃の言葉をぴしゃりと遮る。

「私は、一人でやりたいの。兄さんだって勉強があるんでしょ？　さっさと変な形してるっていう図書館にでも籠もって勉強してれば？」

「おいおい、そこまで嫌がることないだろ。俺だって勉強ばっかりするためにこっち来てるわけじゃ」

「なら、どうして夏までで引退したわけ？　ウィンターまで部活に残らなかったわけ？　国体だって、選ばれてたくせに」

「いや、国体なんて。俺は別に」

晃はついに悄然《しょうぜん》とし始めたが、晴は問い詰めるような声を止めず、

「バスケなんかもうしたくなかったんでしょ？　勉強したかったんでしょ？　だったらすればいいじゃん。私なんか構わずに」

吐き捨てるように言って、早足にその場から立ち去っていく。

今度は晃も、呼び止めることはしなかった。

正午過ぎ、晴はセミを連れ立って祖父母の家をあとにした。

昨日の雨とは打って変わった晴れやかな空からは、燦然《さんぜん》と輝く太陽が激しい日差しの束を降り注がせている。

この日も晴は、玄関から拝借した麦わら帽をセミに被《かぶ》せ、自身は濡《ぬ》れ羽色《ばいろ》の髪を余さず日に晒《さら》していた。肩には冷えた麦茶が入った水筒を下げ、胸には晃に探させたバスケットボールをスイカのように抱えている。

「ほんと、嘘みたいに晴れたね。水溜《みずた》まりも全然ないし、夜中にはもうやんでたのかな」

「分からない。寝てたから」

セミからの返答に、晴は噴き出すように笑い、

「知ってる。セミちゃんはいつもぐっすり寝てるんだもの……この分ならあの学校のグラウンドも大丈夫だとは思うけど。ああいうところの土って水はけが悪いから、見てみないことには確かなことは言えないかな」

「大丈夫。いいお天気だから」

「そうだといいけど、昨日の今日だからね」

本気ではなさそうな晴の心配はやはり杞憂《きゆう》に終わり、二人が到着した場所——学校のグラウンドはほとんど水気を残していなかった。晴が試すようにボールを弾ませたが、柔らかな砂埃がこともなげに小さく舞い上がっている。

二人にとって更に都合がよかったのは、辺りに誰の姿もないことだった。

「校門が開いてたからすんなり入れたけど、こんなに誰もいないなんて思わなかった。あっちの広い方のグラウンドだって、野球部とかサッカー部が使ってそうなものなのにね」

不思議そうに言いながら、晴は壁際にある長椅子に水筒とスマートフォンを置き、大きな板が取りつけられた櫓《ろ》のようなものの真下まで移動する。

板には真四角の小さな口が描かれており、中央より下の位置から錆《さ》びた朱色の輪っかがべえっと舌のように突き出ている。輪の縁には網状に組まれた短い紐が結びつけられ、出口の部分がくびれるような形でぶら下がっていた。

セミにボールを持たせた晴は、まず輪っかのついた板を見上げて指差し、

「前にもちょっと説明したと思うけど、これがバスケットのゴールね。あの板がボードで、輪っかはリング、ぶら下がってる網をネットって呼ぶの。まあ、全部英語呼びってだけなんだけど」

「ボード、リング、ネット……うん、覚えた」

晴の言葉を、セミが丁寧に復唱していく。

なにかを思い出したりぴんときたりしたような顔ではなさそうだが、ひとまず名称としては理解したようだった。

そのほか、晴はボールを用いた基本的な動作について、その場で実践してみせながらセミに教えていた――毬突《まりつ》きのように手で弾ませるのをドリブルと呼ぶこと、味方が取りやすいように投げるのをパスと呼ぶこと。

最後に、この球技における得点の方法について。

「で、昨日の動画でも見たから分かると思うんだけど、バスケはそのボールを投げて、このリングに通ったら得点が入るゲームなの。ボールを投げることをシュートっていうんだけど、なんといってもバスケはシュートが一番楽しいの。だからセミちゃんもシュートから始めてみない？」

「あの輪っかに、投げればいいの？」

「そうそう。リングに入りさえすればなんでもいいから。でも真下からじゃ入れにくいと思うから、ちょっと後ろに下がってみて」

セミは背後に回った晴に肩を引かれ、ボールを持ったまま小股で二歩下がる。

そうして朱色の輪っか――リング目がけてボールを両手で掬《すく》うように放ったが、ボールは力ない放物線を描いただけで地面へ落下した。リングの縁からぶら下がっている網状の紐――ネットの先っぽにさえ掠《かす》らなかった。

「これ、ダメ？」

「うん、見ての通りって感じ。下投げにしてももうちょっと力入れなきゃだね。まずはリングに届かせないと」

「分かった」

セミはボールを拾い直すと、膝下の辺りからもう一度両手で放り投げた。

先ほどよりも、ボールは間違いなく高く上昇した――が、リングに下から衝突したボールは急激に落下して地面で跳ね返り、運悪くセミの顔に当たる事態となった。

「ちょ、セミちゃん。大丈夫？」

「……ひたい」

セミは涙目にはなっていたものの、これといった外傷は見られなかった。晴はほっと胸を撫《な》で下《お》ろすと、やがて噴き出すように破顔し、

「セミちゃんの鼻、赤くなってる。小さな鼻なのに、見事にヒットしたもんだね」

「笑いごとじゃない。痛い」

珍しく不満げに訴えたセミを見て、晴は「ごめんごめん」と謝りながらも顔は微笑《ほほえ》んだままだった。

「でも嬉しくってさ。ほんの少しだけど、セミちゃんが変わってきてるような気がして」

「鼻が赤くなったこと？」

「違う違う。そうじゃなくてね……出会った頃のセミちゃんって、無表情でいることが多かったでしょ？　でも、ここ最近のセミちゃんは変わってきてるような気がするの。なんていうか、表情が分かりやすくなったというか」

「分かりやすく？」

細腕で鼻を擦《さす》りながら、セミはきょとんと小首を傾《かし》げる。

そうした反応さえ晴の言葉通りであることには、まだ気がついていないような顔だった。

「ねえ、セミちゃんはまだ、死にたいとか考えてるの？」

拾ったボールを見つめながら、晴はふと訊ねた。

セミは小さくかぶりを振ったのち、

「今は、考えてない。晴が一緒だから」

「でもさ、私だってずっとこっちにいるわけにはいかないから。夏休みが終わったら家に帰るの。そしたら、セミちゃんはどうするの？」

セミは、なにも答えなかった。

けれどこれまでのような、明らかに能面のような顔ではなく、琥珀色《こはくいろ》の瞳にはいくらかの悲しみを滲《にじ》ませているように見えた。

「それに、前に一週間だけとか言ってたでしょ？　まだ経《た》ったわけじゃないけど、それから先はどうするの……ううん、セミちゃんは、どうなっちゃうのかなって」

「どう、なる？」

「死にたいって言ってたけど、そもそも今のセミちゃんって普通の人とは違うでしょ？私にしか見えてない幻なのか、幽霊なのかはまだ分からないけど。セミちゃんにとっての死ぬってことがどういうものなのかも、よく分からない気がして」

「わたしにも、分からない。どうなるかなんて」

「じゃあ、どうして死にたいなんて言ったの？　セミちゃんにとっての死ぬって、どういうものだと思ってたの？」

晴は間髪容《い》れず問い詰めたが、セミは力なく首を横に振り、

「分からない。でも、いつかみんなの前から、いなくなるって思ってた」

「いなくなる？」

「誰にも好きになってもらえなくて、忘れられて……いないことと同じになる。いつかそうなるって、思ってた」

「それが、セミちゃんにとって死ぬってこと？」

「……ん」

セミの頷《うなず》きは、ただ俯《うつむ》いたように見えるほど微《かす》かだった。

晴は額から目元まで流れてきた汗を拭うと、セミの細い体をぎゅっと抱き締める。

「晴？」

「大丈夫。セミちゃんはきっと、死んだりしないから」

「どうして、言い切れるの？」

「だって、私には見えてるから。こうやって、抱き締めることだってできるんだから……忘れたりなんか、絶対しないはずだから」

晴はセミの体を離し、ぼんやりと揺れる宝石のような瞳に目を合わせた。

「大体さ、セミちゃんは私の初キスを奪ったんだからね？　そこのところ、忘れてもらっちゃ困る」

「うん、忘れてない」

「いや、今のは冗談で言ったつもりなんだけど。本当は、忘れてくれた方が助かるというか、その方がただの事故としてチャラにしやすいというか」

「ちゃんと覚えてる。晴の口、柔らかかったから」

「い、言わなくていいから！　ほら、もう鼻も赤くなくなったし、早くシュートの続きしよっ」

「今は、晴のお顔が真っ赤」

「うっさい！　暑いんだから、仕方ないでしょ」

汗を拭いながら恥ずかしそうに顔を隠す晴を見て、セミはこぢんまりと笑っていた。

晴はボールの正しい投げ方――シュートについてセミに教え始めた。

「本当のフォームはね、こうやってボールを頭の上に掲げて、両手首を返して弾《はじ》くように打つの。見ててね」

セミと立ち位置を変わった晴は、説明通り額の辺りからボールを軽く放った。投げるというよりは、両の手首を外側に返すようにして。

ふわりと浮かぶような放物線を描いたボールは、リングに当たることなくネットを潜《くぐ》り――ザシュッと小気味のいい音が鳴った。

「ざっとこんな感じなんだけどね。セミちゃんもやってみる？」

「うん」

「じゃあ頭の上にボールを構えて、放つ瞬間には曲げた膝も伸ばす感じでね。手だけじゃなくて、全身のバネを上手《うま》く使ってボールに力を伝えるの。やってみて」

元の位置に戻ってボールを受け取ると、セミは見よう見まねでシュートを打った。

まだぎこちなさはあったものの、ボールは先ほどよりも高い弧を描いて舞い上がる――けれど飛び過ぎてしまい、奥のボードに当たったが、リングに収まりはしなかった。

それでも晴は「いいじゃん」と感嘆し、

「さっきよりも楽に届いたでしょ」

「うん。でも、飛び過ぎた」

「届かないより何倍もマシだよ。そもそも真正面から直接入れるのって難しいしね。初心者なら斜め下くらいからの方が入れやすいよ。ちょっとこっちに来てみて」

指示に従い、セミはリングの右斜め下へと移動する。晴もセミの背後に立ってリングよりも上の方を指差し、

「ボードの中央に小さく四角が描いてあるでしょ？　一応あれにも名前があって、ウィンドウっていうの」

「ウィンドウ？」

「そう。たぶん窓みたいだからだね。で、四つの角のうち、上の二つの角をトップコーナー、下の二つの角をボトムコーナーっていうの。こういう風にゴールの下からシュートを狙う時は、リングに直接入れようとするんじゃなくて、トップコーナー目がけてボールを放るの。そしたら跳ね返ってリングの方に入るから」

「跳ね返って、入ってもいいの？」

「もちろん。このボードもそのためにあるようなものだし。そんなに強くなくていいから、トップコーナーにきちんと当てるような気持ちで打ってみて」

「分かった」

なにか半信半疑のような顔で、セミは言われた通りに高い方の角――トップコーナーを目がけてボールを放った。

まだまだ不格好なシュートだったが、ボードに当たって跳ね返ったボールは方向を変え、上手い具合にリングを射貫《いぬ》いた。瞬間、セミの顔がぱあっと明るくなる。

「入った……」

「凄《すご》いじゃん！　まさか、一発で決まるなんて」

晴が自分のことのように喜んで拍手をすると、なぜかセミも真似《まね》たように胸元で小さく手を叩《たた》いていた。

「セミちゃん、絶対センスあるよ。ちゃんとまっすぐ飛んで角に当たったし」

「晴が、教えるの上手だから」

「え、そう？　まあ、私も一応、副キャプテンだったからね。始めたばっかりの下級生とかに、結構教えてたから」

懐かしむような声で言う晴だったが、その言葉尻はどこか重いものだった。

セミはまたボールを拾い直し、同じ場所からシュートを打ち始める。一度入ったからといってそれから百発百中というわけにはいかなかったが、しばらくするとコツを摑《つか》み始《はじ》めたのか、リングを捉えない方が珍しくなっていった。

「うん、ゴール下はもうばっちりだね」

「ばっちり？」

「フォームはまだ完璧ってわけにはいかないけど、入りさえすればなんでもいいからね。今度はもう少し離れてみる？　ずっと同じ場所からだとつまらないし」

晴はゴールの下から何歩か離れると、立ち止まった場所に足を使って横線を引いた。

「この線はね、フリースローラインっていうの。私たちみたいに背が低いと、ゴール下じゃ中々シュートが打てないから、大体この辺りくらいから入るように練習するの。まだ難しいと思うけど、届くかどうかだけやってみない？」

セミはこくんと頷くと、晴がいる線のところまでやってきて、

「ここから打つと、スリーポイントシュート？」

「え？」

「遠い場所って、言ってたから」

晴は少しだけ返答に窮していたが、すぐに取り繕うような苦笑いを浮かべ、

「ううん、ここじゃないよ。スリーポイントシュートは、もっと後ろで」

晴はまた数歩後ろに下がったところで足を止め、すっかり遠くなったゴールをじいっと見つめた。

「目測だけど、大体この辺りかな」

「そんなところから打って、届くの？」

「届くよ。距離があるシュートは、子供の時からずっと練習してたからね」

「今も？」

　間髪容れず、セミは訊ねた。

「そこから打って、届く？」

　その問いかけで、晴は急に黙り込んだ。遠くなったゴールを眺め、じっとその場に立ち尽くしている。

　しばらくして、上着の裾で手の汗を拭い、

「セミちゃん、ちょっと貸してみて」

　投げてもらったボールを受け取って、何度かその場でドリブルしてから胸元にきちっと構える。

　両膝を少し曲げたのち、やや前のめりに跳び上がりながらシュートを打った。

　――瞬間、晴の顔が歪《ゆが》む。

　ボールは低い弧を描き、リングに掠ることもなく地面へと落ち、ゴールの足元に力なく転がっていった。すぐにセミが拾いに行って晴のもとへ戻ってきたが、晴はゴールを見つめたまま呆然《ぼうぜん》と固まっている。

「晴……？」

　セミの声でようやく我に返ったのか、晴は再びボールを受け取り、

「もう一回だけ打たせて」

口早に言って、また同じようにシュートを打った。

けれどまたもや、リングにさえ当たらない。

今度はセミが駆け出す前に、晴が自分でボールを拾いに行く。

そして元の位置まで戻り、シュートを打つ。

届かず、転がる。拾いに走る。戻る。打つ——。

その過程を晴は何度も繰り返したが、変化が訪れることはなかった。

放ったボールがリングを捉えることは決してなく、晴の顔は汗か涙か分からないほど大粒の雫《しずく》で満ちていく。

セミは悲しげな顔で見つめていたが、やがて十何度目かのシュートを打ち終えた晴がその場に膝をつくと、すぐに彼女のもとへ駆け寄った。

「晴、大丈夫?」

「情けないよね、こんなの」

地面にぼたぼたと汗を落とす晴の顔には、自嘲するような乾いた笑みが浮かんでいた。

「届きさえしないんだから。得意技だって言っておいてさ。なんかもう、悔しいのを通り越して笑えてきちゃうよ」

「晴……」

「実を言うとね、結構久しぶりだったんだ、バスケ。ブランクがあるって分かってたんだけど、ここまでひどいとは思ってなかったから。さすがにショックかなって」

晴は溜《た》め息《いき》をつきながら立ち上がり、今度は歩いてボールを拾いに行く。汗まみれの顔に苦しげな笑みがべっとりと張りついていた。

「大事な大会の前にね、友達と遊びに行く途中で事故に遭っちゃってさ。スマホで電話しながら歩いてたせいで……そんな私の不注意で、最後の大会にも出られなくなって、みんなに迷惑かけてさ……ほんと、バカだったと思う。もう試合に出られないって分かった時、凄く悲しくなって。それからずっと、バスケを遠ざけてたの。ボールを触ったのも、すっごく久しぶりで」

打ち明けるような声で言うと、晴は先ほど引いた線の少し内側からシュートを打った。今度は届きこそはしたが、少しだけ左にずれたせいでリングを射貫くことなく、ボードに跳ね返って転々と晴の足元まで返ってくる。

「セミちゃんさ、前に私にバスケがしたくないのかって訊いたよね。あれ、ちょっとだけ当たってたんだ。本当はあんまり乗り気じゃなかったの。たぶん、格好悪いところを見せるだけになるだろうなって、分かってたから」

「格好悪くなんか、ない」

俯く晴の前で、セミはきっぱりと言い放った。

「入らないなら、入るようになるまで打てばいい。晴がわたしに教えてくれたみたいに」

「セミちゃん……」

「晴は、わたしのシュートが入るようにしてくれた。だから晴も、入るようになる」

「いい根拠だね、それ。でも、ゴール下とスリーポイントじゃ、あんまり違い過ぎるよ。届いてるならまだしも、それ以前の問題だし」

「入るよ。晴なら、きっと」

セミは転がっていたボールを拾い、俯いたままの晴へと差し出す。いつになく力強い眼《ま》差《な》しには、しつこくせがむ子供のような純粋さがあった。

ボールを受け取った晴は、どこか諦めたような顔のまま微笑み、

「もうちょっとだけ、がんばってみる」

踵《きびす》を返して、得意としていた位置まで戻っていく。

それからまた何度となくシュートを打ったものの、やはりリングには当たらない。力いっぱいに放るとリングのある位置までは届くが、横に逸《そ》れてしまうために結局は外してしまう。リングの中にボールが入らなければ意味がない。

けれど、どれだけ晴がシュートを外そうとも。

壁際の長椅子に座ったセミは、遠くから何度もシュートを打ち続ける晴を、いつまでも見守っていた。

無表情ではなく、どことなく嬉しそうな笑みを湛《たた》えたまま。

シュートをやめた晴が、セミのいる長椅子までやってくる。すぐに水筒から中身を浴びるように飲み始めると、零《こぼ》れた麦茶が衣服の胸元に染みていく。

それからセミの隣に力なく腰を下ろすと、大きく長い溜め息をつき、

「こんな、炎天下にバスケとか。ブランクのある人間がしていい行為じゃないよね」

と、息絶え絶えの声になりながら晴は言った。

「でも、晴、楽しそうだった」

いつになくにこやかなセミに、晴もわずかな苦笑いを浮かべる。

「そりゃあまあ、バスケするのは好きだから楽しいけど。でもやっぱりきついよ。なんか今日に限って体が重い気がするし。昨日ごろごろし過ぎたせいかな。しかも入る見込みのないシュートを打ち続けてるだけだし。ほんと、きっつ」

「でも、最初よりは、いいと思う」

「ありがと。でも、昔の感覚にはほど遠いんだよね。前は打った瞬間分かってたもん。これは入るって。今はその感覚が全然ないから、もし入ったとしてもまぐれでしかないよ。私のシュートじゃない」

「入ればなんでもいいって、晴が言ったこと」

「それはそうなんだけどさ。なんていうか、今は誰もいない状況で、フリーで打ってるわけじゃない？　でも本当の試合では、フリーなんて中々なくて、相手がいる状況でも打てなきゃダメなんだよ。もちろん妨害されるわけだけど、そういう状態でも決め切るには感覚が大事っていうか。昨日、セミちゃんも動画で見てたでしょ？　バスケって、本当はもっとたくさんの人と一緒にするものだから」

「じゃあ、たくさんの人がいる時に打って、入ったらいいの？」

あまりに素直な問いかけに、晴は「そうだけど」と小さく笑い、

「今は無理だよ。私とセミちゃんしかいないし。兄さんは、絶対呼びたくないし」

「なんで？」

「もうやめた人だから。やろうと思えばまだできたくせに、ほんとわけ分かんない。私の気も知らないで」

「じゃあ、いないんだ。一緒にしてくれる人」

「いや、その言い方はなんか傷つくっていうか。まるで友達がいないみたいな」

「じゃあ、いるの？」

「うっ……そりゃ、部活のチームメイトとか。みんなもう引退してるけど、まだ私よりは鈍《なま》ってないと思うよ」

「じゃあ呼ぼう。その人たち」

その四度目の『じゃあ』には、晴も「ええ？」と目を丸くさせ、

「呼ぶって、ここに？」

「うん。ダメ？」

「ダメっていうか、普通に遠いし。電車で二時間はかかるから。それに、みんな受験勉強とかで忙しいかもしれないし」

「でも、呼ぶべき。それで、晴のシュートが入るかもしれないなら」

「そんな理由で？　みんなにとってなんのメリットもないじゃん。もう大会だって出られないのに」

「…………」

なにも言わなくなったセミから今度はじっと覗《のぞ》き込《こ》むように見つめられ、晴は観念したようにスマートフォンを手に取った。

「もうっ、分かったからそんな顔しないでよ。ラインで訊くだけ訊いてみるから」

「なら、よかった」

「全然よくないよ。おばあちゃん家の近くでバスケしてるから来て、なんて雑な誘い方で集まるほどみんな暇じゃないと思うんだけど」

「晴の友達なら、晴のために来てくれると思う」

「そういう言い方もやめてよ。来てくれなかったらほんとの友達じゃないみたいじゃん。いくら友達でも、急にこんな遠いところまで来てくれるわけ――えっ？」

突然、晴は飛び跳ねるように腰を上げた。

「嘘、もうみんなから返事来てる。幸乃《ゆきの》も涼風《すずか》も……藤《ふじ》と、夏蓮《かれん》からも！　それに桜花《さくら》まで――みんな、来るって。ほんとに？」

持ち上げたスマートフォンを微かに震わせながら、晴は戸惑いと嬉しそうな笑みをないぜに浮かべている。

「来てくれるよ。だって、晴のためだから」

セミは優しく目を細め、不思議な感激に包まれている晴をひっそりと見上げていた。

新チームになって初めての地区大会後——。

優勝を決めた私たちのグループラインは、いつも以上に賑《にぎ》やかだった。

【幸乃《ゆきの》：県大会まであっという間だよねぇ
　今年もベスト８くらいまでいけるかな？】

【夏蓮《かれん》：ベスト８じゃ去年止まり、今年は絶対優勝！】

【藤《ふじ》：熱いなー…でも、マジで今年は狙えんじゃね？
　なんたって去年の得点王がいるわけだし】

【涼風《すずか》：ベスト８までの得点王なんて意味ないと思う
　今年は、ちゃんと一位になりたい、優勝して】

部のグループラインとは別の、同級生六人だけのトークルーム。

地区大会を制するのは毎年のことだった。

ここ十年近く、県大会に進めなかったことはない。

ただし県大会での戦績は割とばらつきがあって、三年前は準優勝したのに、翌年は初戦であっさり負けたりと、とにかく安定しない学校というイメージだった。アベレージで言えば去年のベスト8くらいがちょうどいいのかもしれない。

もっと言うと、準優勝までは過去に何度かあったらしいが、優勝だけはただの一度もないのだという。

関東大会に上がれた時も運悪く東京のチームに当たったりとかで、一回戦を勝ち上がったことはまだない。

今年だってまだ、地区大会を突破しただけ。

それも新チームに移行してすぐの新人戦だから、たとえ優勝しても全国に繋《つな》がる大会ってわけでもない。

あくまで本番は夏、中体連で勝ち進めなければあまり意味はない。

それでも私たちが盛り上がっているのは、地区大会の決勝で例年以上に圧勝していたからだった。

【晴《そら》：涼風なら、今年はほんとの得点王になれるよ！
こないだの決勝だって、涼風だけで29点も取ってたし】

【涼風：うん、あの日は気持ちよかった
ロールターンが全部上手《うま》くいってくれたから】

【藤：あん時の涼風、ちょっと怖いまであったよなぁ…
へろへろの相手を笑いながら抜いてたし笑】

【幸乃：涼風ちゃんの分、点差がついたって感じだったもんね
私は3点しか取れなかったのに…】

【夏蓮：ユキはボックスアウトでちゃんと貢献してた
ゴール下に相手が入れないように、それも大事】

【幸乃：ありがとう…
レンちゃんも、たくさんアシストしてて凄《すご》かった！】

【夏蓮：あれくらい、別に当たり前
涼風や晴が確実に決めてくれるから、うちにアシストつくだけ】
【藤：お、また二人だけの世界？
ラブラブっすなぁ～笑】
【夏蓮：からかうな！
おっさん構文！】

いつもの流れになると、私はつい噴き出してしまう。

一年の時からずっと一緒にやってきた六人——点取り屋の涼風、司令塔の夏蓮、高さと泥臭さでゴール下を支配できる藤と幸乃、シューターの私。

そしてもう一人、私たちをまとめ上げるリーダーがいる。

【夏蓮：桜花《さくら》はなにやってるの！
早くこのおっさんどうにかしてよ】

「だってさ。桜花もなにか言ってあげたら？」

試合会場からの帰り道。

一緒に隣を歩いている桜花もスマホを手にしているのに、グループではまだ発言していない。誰か別の子とラインしているみたいだった。

「ねえ、桜花ってば」

私がジャージの袖を摘まんであげると、桜花はやっと振り向いた。

「え、なに？」

「夏蓮が呼んでるよ」

「ほんと？　……って、また藤とじゃれてるだけじゃない。放っておけばいいわよ」

苦笑しながらさばさばと答える様子は、普段通りの桜花と言えなくもない。

けれど、私にはちょっとだけ違和感。

「桜花、どうかしたの」

「どうって、なにが？」

「……ううん、なんとなくね」

気のせいかもしれない、と思って私は黙り込む。

桜花は「そう」と軽く流していたけど、そんな声もいつもより少しだけ不器用なものに感じられた。

バス停までもう少しのところで、桜花がふと足を止める。どこかぼんやりとした桜花の視線は、運動公園の入り口に続く道へ向けられていた。

「最近、行ってないわね。あのコート」

桜花がなにを言いたいのか、私には伝わった。

運動公園のBグラウンドに、私たちがよく遊んでいたバスケットコートがある。なんのラインも引かれていない砂の地面にぽつんと、バスケットゴールが一つ立っているだけの素朴なバスケットコート。

桜花の言う通り、最近遊んだ覚えはない。

というか、中学に上がってから一度でも行ったか怪しいくらい。さすがになくなってはいないと思うけど。

「きっと、大樹《たいき》のせいね」

「え？」

「だって、わざわざあのコートまで行く時って、決まって大樹からの勝負を受けるためだったじゃない？」

言われてみれば、確かに。

小三くらいまで、私たちは小学校のグラウンドにあるコートでバスケをしていた。

それがいつ頃からか、大樹が学校でやるのを嫌がるようになって、わざわざこの運動公園まで来るようになった。大樹が私を直接バスケに誘わず、桜花を経由するようになったのもたぶんその頃、高学年に上がった時くらいからだ。

なんであんな回りくどいことをしていたのか。運動公園は中学校よりも更に遠い場所だった。バスケットゴールも小学生用じゃなく、中学生以上が使う大人用の高さ。

大樹は『もうすぐ中学生なんだし、今から慣れておくのも悪くないだろ』なんて言っていたけど、たぶんそれは建て前。

本当は、小学校のコートでやっていたら、男子の友達に見られる可能性があったからだと思う――私と一対一をして、負けてばかりな様を。

「晴、大樹と最近絡む？」

「どうしたの。桜花があいつの話するなんて、珍しい」

「うーん、なんとなく？」

「ええ？」

「さっきの晴と同じよ。お返し」

仕返しをされるようなことを言っただろうか。今日の桜花はやっぱり変だ。

大樹とは最近どころか、中学に上がってからまともに話をしていない。ラインも、スマホの番号だって交換できていない。

思えば、小六の半ばくらいから疎遠気味になっていた気がする。それでも、桜花と三人でいる時は一緒に遊んだこともあった。大抵はバスケ絡みだったけど、今となってはそれさえ全然ない。

今の大樹にだったら、たぶん私は勝てないのに。

小学生の頃とは、なにもかもが違っているから。

体格だけじゃなく——バスケの技術だって。

「ねえ、晴。もしもの話だけど」

どこかもったいぶるように、桜花が言った。

「今の大樹から一対一を申し込まれたら、どうする?」

「どうするって。今更、大樹がそんなこと言ってくるはずないよ」

「だから、もしもの話だって」

「そんなこと言われても……想像つかないよ。あいつだってもう、からかわれるようなこと、したくないだろうし」

大樹と一緒にいることがなくなった今でも、小学校時代の私たちを知る友達からは噂《うわさ》されることがある。時に桜花以外の女バスのメンバー、特に藤や夏蓮が私をからかうのは、大抵は大樹絡みだった。

未《いま》だに言われ続けているのは、たぶん私のせい。きっぱり違うと言い切れば済む話なのに、本当になんでもないような顔ができたためしがない。

そうしないことで、なにかを繋ぎ止めている自分がいるような気がした。

きっといつか、なんにもならないこの恥ずかしさが、心の奥底にある本音に変わる日が来るのを、予感しているような……。

そんな『いつか』が――突然、来た。

「それがね、実は言われてるのよね。大樹から」

「え？」

「晴と会いたいって、一対一で。次の日曜に駅前でってことみたいだけど、どうする？」

桜花は苦笑いを浮かべたままだった。けれど、それが『もしもの話』じゃないことくらい私にも分かった。

一対一。呆《あき》れるほど聞き慣れたはずの言葉が、この時ばかりは新鮮に思えた。胸の中にバスドラムが入っているんじゃないかと思うくらいドキドキしていた。

もしもこの時、なんでもないような顔をしていられたなら――なんてことのない、小さな後悔で済んだのに。

「うん……分かったって、伝えて。大樹に」

そんな言葉だけは、小学校の頃となにも変わっていない。私も桜花を経由して、大樹に返事をする。

それなのに、今ではなにもかもが違っている気がした。

「了解」

桜花が頷《うなず》くと、私の心臓がまた強く脈打っていた。

五　おもいはなつ

明くる日の早朝。普段より幾分早く目を開けた晴《そら》は、布団の上に横たわったままスマートフォンを眺めていた。

「みんな、ほんとに来てくれるんだ……」

そんな呟《つぶや》きが聞こえたのか、隣で寝ていたセミが寝返りを打って晴の背中に体を寄せ、

「晴、もう起きた？」

と、呻《うめ》くような声で訊《たず》ねてくる。

「セミちゃんこそ。起こしちゃった？」

「ううん。なに見てるの」

「別に。ただの写真」

晴もセミの方に向き直ると、ぼんやりと光っているスマートフォンを二人の間に置いた。

「ほら、昨日話してたメンバー。地区大会のあとに撮った写真なんだけど、どれが私か分かる？」

「……これ」

写真の中央で、満面の笑みを浮かべている晴が指差された。

「あはは、さすがに分かるよね。六人しか写ってないし」

「でも、今より髪が短い」

「バスケやってる時は邪魔だったからね。どっちが似合うかな」

「どっちも」

「それは、嬉《うれ》しいこと言ってくれるじゃん」

どこか気恥ずかしげな声を誤魔化《ごまか》すように、晴はスマートフォンを手に持ち直し、

「この一番左端の綺麗《きれい》な子が涼風《すずか》——水月《みづき》涼風っていうの。背は私よりちょっと高いくらいだけど、とにかく中にドライブしていくのが上手でね。チームで一番点を取ってた子なんだよ」

「ドライブ？」

「ほら、昨日ドリブルを教えたでしょ？　ちょっと難しいけど、相手を抜いたりゴールへ向かったりする速いドリブルのことをそう呼ぶの」

「ふぅん……涼風っていう人は、髪が長いね」

「そうだね。綺麗なのに意外とずぼらっていうか、バスケ以外に無頓着な子だったから。髪切りに行くのも面倒くさがってたみたい」

懐かしむように言いながら、晴はほかの友人たちについても簡単に紹介していく。

ひときわ上背があり、男子と見紛《みまが》うほど短髪の久々子藤《くぐしふじ》。

二番目に背が高く、丸々としたかわいらしいえくぼを持つ管幸乃《すがゆきの》。

最も小柄で童顔ながら、気の強そうな凛々《りり》しい目つきの日向夏蓮《ひるがかれん》。

そうして最後に残った人物——写真の中央で、晴と肩を組んだまま微笑《ほほえ》んでいる少女を指差した時、晴の唇が微《かす》かに震えた。

「それで、この子が桜花《さくら》——三方《みかた》桜花っていうの。私たちのチームのキャプテンだった」

「キャプテン？」

「みんなのまとめ役ってこと。私が副キャプテンだったたって話したことあったでしょ？　私は副だから、まとめ役としては桜花の補佐だったたってこと」

「じゃあ、晴より偉い？」

「うーん、偉いとはまた違うかな。ユニフォームの背番号は私より若くなるけど。キャプテンは4番で、副キャプテンは5番って決まってるから。でも後輩からも凄《すご》く慕われてたし、賢くて頼りになる子だったから、私なんかよりずっと凄いって思ってたよ」

「じゃあ、晴より上手？」

「え？」

「バスケ。桜花の方が」

「……結構、いじわるなこと訊《き》くんだね、セミちゃん」

スマートフォンを持ち上げながら、晴は上半身を起こして布団の上に胡座《あぐら》をかく。

「桜花はね、私をバスケに誘ってくれた子なの。バスケは兄さんもやってたから興味はあったんだけど、子供の時の兄さんはいつも私を放って、友達とバスケに行ってたから……今じゃ考えられないけど、当時はそれが凄く嫌だった。だから興味はあったのに、なんとなくバスケを嫌ってもいたの」

晴が両手を後ろについて足を伸ばすと、太ももの上にセミが頭を載せて寝そべった。

「セミちゃん、ほんと好きだよね。膝枕」

「晴のここ、太くて寝やすいから」

「ちょ、さらっと太いとか言わないでよ。バスケやってた人はこういう太ももになりやすいの。ディフェンスがんばってた証《あかし》なんだからね」

「で、嫌いだったのに始めたの？　バスケ」

「もうっ、すぐそうやってはぐらかすんだから。まあ、桜花がバスケ好きだったからね。桜花には双子の弟がいて、その子と三人でよくバスケをしたの。バスケットゴールがある公園が近所にあって」

どこか遠くを見つめるような目を天井に向けながら、晴は言った。

「桜花は上手な子だったよ。私より早く始めたんだもん。上手なのは当たり前だよ。でも桜花は、上手《うま》いとか下手とかってよりも、みんなと楽しくバスケができることを大切にしている子だったから」

　問いかけへの答えになっていないことは、晴自身も分かっているような顔だった。けれどセミもそれ以上はなにも言わず、晴の太ももの上で静かに目を瞑《つぶ》る。晴は扇のように散らばっている長い髪をまとめてやると、母親のような手つきで優しく撫《な》でた。

「今日はね、セミちゃんにお願いがあるの」

「お願い？」

「もしもね、セミちゃんがみんなにも見えていたら、セミちゃんのことを紹介したいって思ってるの。こっちでできた友達なんだって。でも、はっきりとしたことは、まだ分からないけど、たぶんセミちゃんは――」

「うん。わたしは、晴にしか見えない」

　淡々とした言葉が、俯《うつむ》く晴の顔をいっそう悲しくさせた。

「もし本当にそうだったら、セミちゃんに話しかけたりとか、あんまりできないと思う。変に思われるといけないから……みんなと同じように、そこにセミちゃんがいないように振る舞わないといけなくなると思う」

「それでもいい。わたしは、晴の傍《そば》にいるから」

「私も、セミちゃんのことはずっと見えてるから。忘れたりなんて絶対しない。それだけは、ちゃんと伝えておきたかったの」

「うん。ずっと、晴と一緒」

晴の寝衣をぎゅっと手で握りながら、セミが小さく口元を綻ばせる。晴も真似《まね》たように淡い笑みを零《こぼ》していた。


普段よりも早く朝の身支度を済ませた晴だったが、朝食後に友人たちから受けた連絡によると、この町に着くのは正午過ぎになりそうとのことだった。

かなり余裕を持ち過ぎた準備となったが、晴にとってみれば、晃《あきら》が勉学のために出かけたあとの来客となるため、結果的に好都合と言えたかもしれない。

来客の呼び鈴が鳴ったのは、晴が昼食を終えてしばらく経《た》った頃だった。ハルには友人たちが訪れる旨を伝えていたため、玄関に晴が一人で向かった。

「久しぶりね、晴」

戸を開けた先に立っていたのは、桜花だけだった。

ほかに誰の姿も見当たらないせいか、晴は少しだけ面食らったような顔になる。

「ごめん、こんな遠いところまで、急に」

「ほんとにね、驚いたわ。グループラインにいきなり連絡が来た時はね」

「こっちでちょっとシュート打ってたら、無性にみんなとバスケしたくなってさ」

「あれ？　おばあちゃんにバスケしてる動画を見せてあげたいからじゃなかったの？　足が悪くて、試合にも一度も来たことないからって」

それは彼女たちを呼ぶ際、晴が口実についた嘘《うそ》の一つだった。

「ええと、それもあるっていうか、まあそれが一番なんだけど」

「ちょっと大丈夫？　夏の暑さにやられてるんじゃないの」

「そんなんじゃないから。それより、ほかのみんなは？」

「学校の場所を教えてもらっていたから、先に行って陣取ってるわ。先客がいるようなことがあったら困ると思って」

「そっか。桜花はさすがだね。一瞬、桜花しか来てくれなかったのかと思っちゃった」

「そんな薄情じゃないわよ。むしろみんな、晴がまたバスケするって聞いて、凄く嬉しそうだったんだから」

晴は微笑んだものの、どこかバツの悪そうな気配を漂わせている。

桜花も、どこか気まずそうな笑みを見せ、

「ただ、晴には言ってなかったんだけど……みんな以外にも来てる奴《やつ》がいてね。どうしてもって聞かなかったから」

「え？」

「ほら、そんなところにいつまでも隠れてないで、出てきなさいよ」

振り返った桜花が呼びつけると、門の陰から一人の少年がゆっくり姿を現す――瞬間、晴がハッと息を呑《の》んだ。

「よお。久しぶり」

「大樹《たいき》？　なんで、あんたまで……」


強烈な日差しが照りつける道中、四人はそれぞれ重い沈黙を抱えていた。

先頭を行く桜花、互いに浮かない顔で並んでいる晴と大樹。

その後ろをとぼとぼと、不安げな眼差《まなざ》しのセミがついて歩いている。

「……なにしに来たわけ」

最初に沈黙を手放したのは晴だった。恐らく隣を歩く大樹への問いかけだが、そっぽを向いているせいかまるで独り言にさえ思える。

「なんか言ったか？」

「なにしに来たわけ、って訊いたの」

「バスケに決まってるだろ。格好で分かれよ」

「そういう意味じゃなくて。私が誘ったのは桜花たちだけだから」

「別に、いいだろ。バスケは人数多い方が楽しいし」

「六人で充分よ。奇数じゃ一人あぶれるでしょ」

「八人じゃないのか？　晃さんもこっちにいるんだろ」

晴はむすっと、眉間に皺《しわ》を寄せる。

「兄さんなら来ないから。受験勉強中」

「マジかよ。高校の話とか、色々聞いてみたかったのに」

「図書館にいるらしいから行ってくれば？　方向逆だけど」

「なんか邪魔者みたいな言い方だな、はっきりとは分からないけど」

「今から電車に乗れば、まだまともな時間に家に帰れるわよ」

「それではっきり分かったよ。晴は俺に来てほしくなかったんだ」

冷淡な言葉を続けられたせいか、大樹も苛立《いらだ》ちを露《あら》わにさせていく。

「ああそうかよ。心配して様子を見に来てやったっていうのに、そんな風に言われなきゃなんないのかよ」

「なにそれ。別に頼んでないから」

「お前、そんな言い方――」

「ストップ。こんなところに来てまで喧嘩《けんか》しない」

振り返った桜花が呆《あき》れたように笑いながら仲裁に入る。

「大樹、晴と喧嘩しないって約束でついてきたんでしょ。出会って五分で破る気？」

「もう十五分は経ってるだろ」

「屁理屈《へりくつ》言わない。それと、言う順序が逆でしょ。晴のことが心配だったから来たって、そっちを先に伝えなきゃ。それに本当は、久しぶりに晴とバスケがしたかったんでしょ？あたしには普通に言えてたのに、どうして晴には言えないの？」

「私と、バスケを？」

晴が訊ね返すと、大樹はどこか照れくさそうに目を逸《そ》らした。

「中学に上がってから、まともにやれてないからな。一対一とか」

「……バカじゃないの。今更、そんなこと」

晴はまたそっぽを向き、その後の道中では大樹と目を合わせることがなかった。


ほどなく到着した学校のグラウンドの隅――バスケットコートでは、すでに四人の少女たちがシュートやドリブルをして遊んでいた。水月涼風、久々子藤、管幸乃、日向夏蓮の四人で、晴たちが来たことに一番早く気づいたのは藤だった。

「お、やっと来た！　おーいっ」

背の高い藤が腕を振りながら走り出すと、ほかの三人も続々と駆け寄ってくる。

「めっちゃ久しぶりじゃん。元気してた？」

「うん。ありがと、藤。みんなも、突然呼んでごめんね。忙しかったよね？」

「いやいやそれがさ、実はちょうどよかったんだよ。図らずもグッドタイミングっていうか。なあ涼風？」

「ええ。私たち、ここ何日かで海にでも遊びに行きましょうかって話してたの。七月ももう終わっちゃうからって」

淑《しと》やかな声で答えたのは涼風で、爽やかな微笑を浮かべている。

「でも海の方はなんか、台風で荒れてるらしくてさ。アタシは八月入ってからでもいいんだけど、幸乃と夏蓮が塾の合宿とかあるっていうからさぁ。じゃあ予定合うの今週しかないじゃん、ってなってたとこで」

「しょうがないでしょ。今のところ、うちとユキはごくごく平均的な受験生なんだから」

夏蓮が不満げに口を挟むと、晴は不思議そうに首を傾《かし》げた。

「平均的なって、どういうこと？」

「藤ちゃんと涼風ちゃんはね、バスケ特待の話が来てるんだって。凄いよねぇ」

幸乃が穏やかな声で答える。写真に写っていた時より顔が少しばかり丸くなっているように感じられた。

「そう。じゃあ、二人は一般受験しないんだ」

「ええ。私は高校でもバスケを続けるつもりだったから」

涼風はすぐに頷《うなず》いたが、藤は「いやぁ」と短髪の頭をぽりぽり掻《か》き、

「アタシはまだ分かんないんだよね。中学ではみんなに誘われたから始めたけどさ、特待来てるの県外だし。高校でもみんなと一緒に、ってわけにはいかないじゃん？」

「なら勉強もしとくべきでしょ。うちたちみたいに」

「もう新しい水着も買ってたんだよぉ。もったいなくない？」

「知るか！　一番キャリア短い藤が特待とか、ほんと贅沢《ぜいたく》なのに」

ふて腐れたように言いながらバスケットコートへ戻っていく夏蓮。そのあとを、にやにやと頬を緩ませた藤が追いかけていく。

「夏蓮、なんか不機嫌そうだね」

二人が行ったあと、晴がぽつりと言った。

「仕方ないよぉ。レンちゃんはキッズバスケからやってるから。藤ちゃんのことが羨ましいんだよ」

「そういうこと。幸乃も特待の話、来てないんだね」

「私？　うん、全然。みんなの中で一番下手っぴだったたし。それに特待なんてない方が、レンちゃんと同じ学校に行けるから」

嬉しそうに言うと、幸乃も夏蓮たちの方へ歩いていった。

晴は少しだけ考え込むように黙っていたが、やがて桜花にぽんと肩を叩《たた》かれ、

「どうしたの。バスケ、するんでしょう?」

「ねえ、桜花たちは?」

「なにが?」

「特待の話とか」

「あると思う?　あたしと大樹に」

返ってきた苦笑いを見て、晴もそれ以上は追及しなかった。

全員がバスケットコートに集まり、それぞれが軽くボールに触れた頃、桜花がパンパンと手を叩く。

「じゃあ、そろそろ三対三でもしましょうか。晴、できそう?」

「え?　うん、たぶん」

「晴のばあちゃんに動画見せるためにやるんだろ?　晴がやらなきゃ話にならないだろ」

上着の裾で汗を拭いながら大樹が言うと、桜花はわずかに顔をしかめ、

「じゃあ大樹、撮影係ね。外れてちょうだい」

「はあ?　なんでいきなり俺なんだよ。ここは普通、じゃんけんとか」

「女子だけのところにいきなり入ってきたのは大樹でしょう。晴、悪いけど大樹にスマホを貸してあげて。晴のスマホで撮った方がいいと思うから」

「あ、うん。ベンチに置いてるから」

　晴は渋面《じゅうめん》の大樹を連れ、壁際の長椅子まで移動する。セミがちょこんと座っているが、もちろん晴は話しかけることなくスマートフォンを手に取り、

「はい。壊さないでよね」

「分かってるよ。ったく、なんで俺がカメラマンなんか……って、なんだよこのスマホ。画面バキバキじゃねえか」

「え？」

　見ると、スマートフォンの表面ガラスには蜘蛛《くも》手《で》に走るヒビが痛ましく刻まれている。

「ちょっと、なにこれ。朝見た時はこんな風になってなかったのに」

「知らねえよ。落として割ったんじゃねえの？　晴も結構そそっかしいとこあるしな。サイダーのペットボトル落としたりとか」

「それはあんたへの嫌がらせで、わざとだから」

「やっぱりかよ！　ついに白状しやがったな」

「もう時効でしょ。それより、ほんとに落とした覚えなんてないのに……最悪」

「まあ、壊れちゃいないみたいだし、画面くらいならちょっと修理に出せばなんとでもなるだろ」

「じゃあ大樹が払ってよね。大樹が握ったから割れたって可能性もあるから」

「なんでだよ⁉　俺の握力どうなってんだよ⁉」

また小競り合いになりかけた時、バスケットゴールの真下で藤がまた長い腕を振り、

「おーい、いつまで夫婦《めおと》漫才してんのー？」

「│してない！│」

からかうような呼びかけに、晴と大樹は息を揃《そろ》えたように顔を背け合う。

そうして晴だけが長椅子から離れようとした時、セミがおもむろに腰を上げた。

「がんばって、晴」

消え入るような励ましの声に、晴は一瞬足を止めかける。

けれど結局は、振り返ることなくゴールまで駆けていった。


炎天下で始められた三対三は、晴にとっては惨憺《さんたん》たる内容だった。

とにもかくにもシュートが入らない。ドリブルもおぼつかず、相手を抜けないまま味方にボールを託して体裁を取り繕うだけ。

始まって十分も経たないうちに息を切らし、膝に両手をついて立ち止まっている時間が多くなっていた。

それが全員に言えることであれば救いもあったが、晴とそのほかの者の動きに歴然とし

た差があるのは誰の目にも明らかだった。

涼風や夏蓮は素早いドライブで相手を抜き去って得点を重ね、上背のある藤や幸乃はゴール付近から着実にシュートを決める。

桜花は得点こそ果敢に狙いに行く動きはしていないものの、動きの鈍い晴を完璧に抑え込むという守備面では自身の役割をこなしている。

もちろん、この三対三は少女たちにとって息抜き代わりの遊興に過ぎない。

少なくとも晴を含む一部の者以外は楽しげで、一様に汗だくではあれど底力を振り絞っているようには感じられない。軽やかな動きでボールを追いかけ、シュートの成否にかかわらず笑みを見せている。

ゆえにコートの隅で度々動きを止め、辛《つら》そうに頭を下げる晴の姿は異様に映った。

桜花や大樹も終始心配そうな目を向けており、長椅子の端にひっそり座っているセミも晴の辛苦が伝染したような眼差しで見つめている。

「晴、大丈夫？　きついなら大樹と交代してもいいのよ」

攻守が切り替わる際、桜花が気遣うように声をかけた。

が、晴は小さくかぶりを振って、

「せめて、一本は決めたいから」

「まともにバスケするの、久しぶりなんでしょう？　この暑さだし、休憩はこまめに取るべきよ」

「全然、大丈夫だから。ほら、次は桜花たちのオフェンスでしょ」

苦しげな声で言いながらも、この時はまだ気丈な様子を見せていた。

しかしほどなく、ドライブを仕掛けてきた桜花を止めようとした晴は、足をもつれさせてその場に倒れ込んでいた。

地面の砂で擦った左手にはわずかだが血が滲《にじ》み、辛そうな晴の顔を余計に歪《ゆが》ませる。

「晴？」

「おいっ、大丈夫か」

三対三が中断され、桜花や大樹が心配そうに駆け寄ってくる。

「そんなにきつかったんならもっと早く言えよ。部活じゃあるまいし」

「別に、私は」

大樹の手を借りながら立とうとするも、その動きさえひどく緩慢だった。

桜花やほかの者たちも、不思議そうな面持ちで晴を見つめている。

「私なら、大丈夫だから。大樹は大人しくカメラマンやってて」

「なにそんなムキになってんだよ。今日の晴、らしくないぞ」

「らしく、ない？」

「ドリブルは単調だし、動きも鈍い。シュートだって全然、届いてさえいないだろ。今の晴なら、小学生の時の俺でも完封できる」

「ちょっと、大樹」

すかさず桜花が止めようとしたが、大樹は引き下がらず、

「具合が悪いんなら晴の方こそ大人しくしてろよ。こんなプレイばっかり撮ってたって、本来の晴のバスケじゃない。本当のお前はもっと……」

「うっさい──誰のせいで、こんな風になったと思ってるのよ！」

激昂《げきこう》した晴の声で、大樹が息を呑んだように黙り込む。

「あんたのせいじゃない。あの日、あんたが普通に来てくれてたら、私は」

「それは……」

「そもそも、本当の私ってなに？　昔みたいにできたって、もうなんの意味もないのに。あんたが今の私に勝ったって、なんの意味もないのと同じでしょ？　もう私のバスケに、意味なんかないのよ」

「……じゃあ、なんで今日、桜花たちを呼ぼうと思ったんだよ？」

「っ──」

今度は晴が、口を閉ざす番だった。

「本当に意味がないって思ってる奴が、こんなところまでみんなを呼んでバスケしたいって思うのか？　本当は晴にとって、なにか意味があると思ってるからやりたいんじゃない

のか？」

「だから、私はただ、おばあちゃんに動画を」

「なら、今までの試合の動画でも充分だったはずだろ。そうしないのは昔の晴じゃなく、今の晴を見せたかったからじゃないのか？　立ち直った自分を見てほしかったからじゃないのか？　それなら、今の晴がバスケをする意味だってあるはずだ。桜花やほかのみんなだって、そういうお前を応援したくて集まったはずなんだから」

晴はとうとう言い返さず、桜花たちとも目を合わせないままその場を後にした。

「手、洗ってくるから。私抜きで、続けてて」


一人、引きずられるような足取りで手洗い場に向かった晴は、血と砂で汚れた手を水で入念にすすいだ。

それから何度も顔を洗ったのち、出しっ放しにした水の前で、がくりとうな垂れる。

「晴……」

不安げな声をかけられ、晴は水を止める。セミがずっとついてきていることには気づいていたようだった。

「今の私なんて、こんなもんなんだよ。セミちゃんもよく分かったでしょ」

振り返らないまま、晴は乾いた笑みを滲ませながら言った。

「一人でやってた時だってまともにゴールに入らなかったのに、相手がいる中で入るようになるわけないいんだよ。それどころか、どんどん体が重くなっていくような気がするの。昔のイメージばかりがちらついて、その通りに動けない自分が悔しくて。こんなことにしかならないなら、やっぱり呼ぶんじゃなかった」

「でも、みんな応援してる。晴のこと」

セミにしては珍しい、振り絞るような声だった。

「大樹、そう言ってた。だから」

「だから、まだ続けろって言うの？　入る見込みのないシュートを、このまま延々と打ち続けろって言うわけ？」

ひどく冷淡な、嘲るような響きが声音《こわね》に混じり始める。

「大体、大樹にあんな偉そうなこと言われる筋合いなんかない――私がこんな風になったのだって、あいつのせいでもあるんだから」

「大樹の、せい？」

「昨日言ったでしょ。大会前に私が事故に遭ったの、友達と遊びに行く途中だったたって。その友達って、大樹のことなの。駅前で待ち合わせって話だったのに……あいつ、直前になって場所を変えてさ。それで私、怒って、電話越しに文句言いながら歩いてて、それで」

一瞬、晴がためらうように声を詰まらせる。

それでも一息ついたのち、それまでより幾分落ち着いた声で続けた。

「こんなことになるって分かってたら、大樹の誘いなんか断ってた。期待なんてしなければよかった。本当はあの時、私は……」

「──晴」

セミとは違うはっきりとした声に、晴は弾《はじ》かれたように振り返る。

心配そうな、切迫したような顔の桜花が、手洗い場へと歩いてきていた。

「大丈夫？　手、痛いの？」

「ううん、そういうわけじゃないけど」

「そう。それより今、誰かと話してなかった？」

「ち、違うの。つい、独り言っていうか」

「やっぱり、暑さでどうかしちゃったんじゃ」

「だから違うってば！　ほんと、なんでもなくて」

面映《おもは》ゆげに目を逸らす晴に、桜花は「冗談よ」と安堵《あんど》したように微笑み、

「今は大樹が、藤や涼風相手に一対一してるわ。勝った方が言うことをなんでも一つ聞くって条件で」

「ふぅん。藤か涼風なら、大樹にも勝てるかもね」

「どうかな。今の大樹は、男バスの中でも一番上手らしいから。体格差もあるし」

「そう、なんだ。あいつが、一番」

「ええ。でも、ちょっと安心したわ。さっきの晴を見たら、もうコートに戻ってこないんじゃないかもって思ったから」

「そんな、大した怪我《けが》じゃないし。もう血も治まって」

「怪我の心配じゃないわよ。分かるでしょう?」

見透かしたように言うと、桜花も水を出して手を洗い始める。

「ぬるいわね、ここの水道。これじゃあ頭から被《かぶ》っても、あんまり涼しくなさそう」

「……ねえ、桜花」

「なに?」

「私のシュート、また入るようになると思う?」

「さあ。なるんじゃないの」

桜花は水を止めて振り返り、手洗い場の台にもたれかかる。

「晴は人一倍、呑み込みが早かったからね。シュートが入る感覚もすぐ覚えて、あたしや大樹なんかすぐに追い越しちゃって。超高性能なスポンジって感じだった」

「スポンジって、なんか褒められてる気がしないんだけど」

「褒めてるわよ、充分に。でも呑み込みが早い分、忘れちゃうのも早い。病気とかで練習休むと、必ず何日かはスランプになっていたでしょう？　晴は感覚派だから、鈍《なま》った体と頭の中で描いた理想が上手く嚙《か》み合《あ》わないことがストレスになってるんだと思う」

「ほんと、桜花はなんでも分かってるみたいに言うよね」

「誰がバスケを教えたと思ってるのよ。ほかのみんなにとってどうかは分からないけど、傍でずっと見てきたあたしには分かる。根っこの部分はなにも変わってないって。晴と、それから大樹も」

「ごめんね、桜花。せっかく来てくれたのに、私のせいで空気悪くして」

「まったくよ。誤魔化すの、大変だったんだから」

気楽そうに作られた微苦笑が、晴の表情を少しだけ和らげる。

桜花はその場で軽く伸びをし、抜けるような青い空を見つめていた。

「でもね、晴。どんな形でも、あたしは嬉しかったの。晴がまた、みんなとバスケをしたいって思ってくれて。それに、大樹ともまた、会ってくれて」

「桜花……」

「小学生の頃のことを思い出したわ。あたしと大樹と晴、三人だけでバスケしていた時のこと。あたしにとっては、かけがえのない時間だった。一番純粋に、バスケを楽しめていた頃だと思うの」

「なにそれ。それ以降は楽しくなかったの？」

「そういうわけじゃないけどね。ただ、あたしは晴に——」

なにか言いかけた桜花だったが、すぐに小さくかぶりを振り、

「そろそろ戻りましょうか。今度こそ、シュートを決めてみせるのよ」

と、晴の手を取ってバスケットコートへと戻り始めた。

「決めるって、そんな簡単に言わないでよ。今の私なんかじゃ」

「難しいでしょうね。でも、まだ可能性は残されているわ。三対三じゃなくて、大樹との一対一ならね」

「一対一？」

「言ったでしょう。根っこの部分はなにも変わってない。たった一度きりの勝負よ、晴」

桜花は得意げに笑ってみせ、晴がシュートを決められる可能性、それを実現しうる秘策について伝えた。

半信半疑な様子の晴だったが、バスケットコートまで戻り、藤と一対一をしている大樹の動きを見て、なにかを確信した顔つきになる。

「……桜花の言う通りかもしれないけど、それにしたって最後は」

「そうね、晴のシュート次第。でも、きっと大丈夫」

少女たちの中では長身である藤も、男子の大樹に勝るほどではない。

藤を鮮やかなドライブで抜き去った大樹は、こともなげにシュートを決めてみせる。

「晴、戻ってきてたのね」

そう話しかけてきたのは涼風で、荒くなった呼吸を必死に整えようとしていた。

「三方君は、やっぱり、上手ね。一点も、決めさせてもらえなかったわ」

「涼風が、一点も？」

「涼風だけじゃないわ。今のところ、藤も全然ダメ」

夏蓮も感心したように言うと、その隣にいる幸乃も「凄いよねぇ」と穏やかに感嘆し、

「三方君、男バスで唯一特待もらってるんだよね。上手なはずだよねぇ」

「特待？　大樹が？」

「そう、県外の私立からね」

桜花が補足すると、晴は驚いたように振り向く。

「どういうことよ。さっき、私が訊いた時は」

「嘘をつくつもりはなかったの。大樹の奴、断るつもりらしいから」

「断る？　どうして」

「理由は教えてくれないのよ、頑としてね。だから、晴が直接聞いてみるといいわ。もし晴が勝てば、その権利は手に入るはずだから。この一対一に勝った方の条件、覚えてるでしょう？」

ちょうどその頃、藤のシュートが大樹の手で叩き落とされ、決着がついたようだった。

「あーくそっ、やっぱりダメだったわ。オフェンスもディフェンスもカチカチ、マジ無理ゲーだわ……って、晴？」

「次、私の番だから」

悔しそうに言いながら戻ってくる藤に代わり、晴がバスケットコートへと入っていく。

大樹も多少疲れがあるのか、ぐったりしゃがみ込んで汗を拭っていたが、晴が近づいてくるのを見てすぐに立ち上がる。

「なんだよ、手はもういいのか？」

「大樹、私と一対一しなさい」

「はあ？　今の晴じゃ、相手になるわけが」

「私に一本でも決められたら、その時点で大樹の負け。いいわね？」

転がっていたボールを拾う晴。

ぼんやりしていた大樹も、ほどなく両手を上げて晴と正対する。

「分かったよ。そういうことなら、俺も本気だ」

大樹の声を合図に一対一が始まる。

晴は、すぐには動かなかった。

静止したまま遠いゴールを見つめたのち、互いの足元に目を配る。

そして、大樹と目を合わせた瞬間、相手の懐に潜り込む。

居合抜きのようなドリブル、その進路に回り込もうと、斜め後ろに下がる大樹。
しかし晴は、ボールを一度突くと同時に右足で地面を蹴り、大きく後ろに下がる。
大樹も慌てて追いかけるが――地面の砂に足を滑らせ、大きく体勢を崩した。

――『根っこの部分はなにも変わってない。たった一度きりの勝負よ、晴』

――『思い出して。小学生の頃、晴がどんな風に大樹からシュートを決めていたのか』

――『外でバスケをしていた時、大樹はよく右足を滑らせていたでしょう?』

――『元々、左からのドライブに弱い大樹は、右足の母指球《ぼしきゅう》で踏ん張れずに踵《かかと》に重心移動させる癖があるの』

――『体育館でバッシュを履いている時は滑らずに対応できても、砂のコートだと足を取られやすくなってしまう』

――『今でも大樹は、その弱点が残ったままなの。昔と変わらず、左からのドライブも砂のコートも苦手なのよ』

――『そんな大樹から楽にシュートを打つために、晴がよくやっていたプレイを思い出してみて』

――『左からドライブを仕掛けると見せかけて、右足を上手く使ってステップバック、そうやってフリーのシュートを打つ』

――『外で大樹と一対一をしていたからこそ身についた、晴の得意技。それが晴のバスケでしょう？』

――『でも、今は体格差もあるし、晴の動きもスピードがない。ステップバックして、完全にストップしてからじゃ、大樹が足を滑らせても間に合わせてくるかもしれない』

――『だから左足を使う必要はないわ。右足で地面を蹴って、後ろに下がり始めたら、もうそこでシュートを打つの』

――『綺麗なフォームじゃなくていい。とにかく届かせるの。子供の時みたいに』

――『きっとまた悔しがるわよ、大樹の奴』

桜花に言われた通り、晴はがむしゃらにボールを放った。
右足で思い切り地面を蹴り、後ろに倒れ込みながら打つシュート。
これまでで、最も不格好な形で放たれたボールだった。
必死に腕を伸ばした大樹の手は、わずかに届くことがなく。
橙色《だいだいいろ》のボールは、これまでで最も美しい放物線を描き――。
小気味よい音と共に、ゴールを射貫《いぬ》いた。
「やった……！」
背中から地面に倒れたまま、晴は小さく握り拳を掲げる。
唖然《あぜん》としている少女たちに目を向けた際、壁際にぽつんと立っているセミを見つけると
――大きく目を見開かせた。
「セミちゃん……？」

白い頬に穏やかな笑みを浮かべ、胸の前でこぢんまりと拍手をするセミ。
人知れず澄んでいくその小さな体軀《たいく》は、背後の壁の暗い灰色を微かに透かしていた。

駅前の人混みを前にして、私は少しだけ後悔していた。

風が冷たく頬を刺す。ここのところ、本格的に寒さが増し始めていたから、厚手の上着を選んだことだけは正解だったかも。

ただ、大樹《たいき》との約束の時間まではまだ四十分もある。寒さもしのげるし、遅れないよりはいいかな……なんて思ってバスなんか使ったのが間違いだった。

これなら歩いてきてたってちょうどよかったくらい。それかいっそ、直接あいつの家まで行ってもよかったかもしれない。

……ううん。それじゃきっと意味がない。

こうして待ち合わせることに、特別な意味があるんだと思う。

「駅前に、二人きりで……」

まだ、実感が湧かない。

私たちが遊ぶといえば、バスケットコートで三人が当たり前だったから。

二人きりなんて想像がつかなかった。どんな服を着ていけばいいのかも一晩中悩んだくらいだった。バスケをするだけなら、服なんて考える必要ないのに。

バスケ以外で、あいつとどうやって時間を過ごせばいいんだろう。女子の友達となら、駅前で遊ぶなんてよくあるけど、男子とはまだ一度もない。

向こうは、どうなんだろう。こうやって提案してくるくらいだし、きっと男子たちとはよく行ってるんだろうけど。私より詳しいのかな。それとも、電車に乗ってどこか連れていってくれるのかな。

想像が膨らむようで、やっぱりそうでもない自分がいる。大樹と遊んだ経験がバスケしかない私に、それ以外の光景が思いつかないのは自然な気がした。

スマホで時刻を確認する。ここへ来てから、まだ五分も経《た》っていないと知って溜《た》め息《いき》をつく。今日に限って、どうしてこんなに時間が進むのが遅いんだろう。

ちょうどその時、登録していない番号から電話がかかってきた。

普段なら、知らない番号には出ないようにしている。ライン通話ならともかく、普通の電話なんて友達ともほとんどしないし。スマホを買ってもらった時にも、お父さんたちから『怪しい番号には出ないように』と念を押されていた。

ただ、この時だけは微《かす》かな予感があった。

というか、登録はしてないけど、見覚えのある番号のような気がした。

「もしもし?」

『あっ、俺です。三方《みかた》大樹』

　やっぱり、大樹だった。

　少し前に、桜花《さくら》から番号を見せてもらったことがあったから、それで見覚えがあったんだと思う。電話なんてしないと思うからって、登録まではしていなかったけど。

「大樹？　なにそのかしこまった感じ」

『いや、晴《そら》に電話なんて初めてだったし。俺って分からなかったらどうしようと思って』

「声で分かるから。ていうか、なんで電話してきたの？　私ずっと待ってるんだけど」

『え、もう？　まだ三十分以上もあるだろ』

「べ、別にいいでしょ。遅れないようにって考えてたら早めに着いただけよ。ていうか、女バスじゃ三十分前行動くらい当然だから」

　口を突いて出てくる言葉はつっけんどんなものばかりで、声にする度に気が滅入《めい》る。

　今までの私たちなら売り言葉に買い言葉が当たり前だったけど、この日の大樹は様子が違った。

『悪い、まさかもう着いてると思わなくてさ……実はその、待ち合わせ場所変えようかと思って電話したんだけど』

「え、変える？」

『ああ、その、いつものバスケットコートにって。色々考えたんだけど、やっぱあの場所じゃなきゃいけないような気がして……それに、駅前とか、俺たちらしくないかなって』

昔に比べて、どこか遠慮がちな気配を感じる。言ってることはそうでもないというか、わがままにもほどがあるけど。

でも、不思議と怒る気にもなれなかった。

なんとなく、大樹の気持ちも理解できるから。

私たちらしくない――その通りな気がする。

私たちにとっての一対一は、あのバスケットコートだからこそ。

そっちの方が、簡単にイメージできる。

『悪い、今のは聞かなかったことにしてくれ。俺もすぐそっちに』

「でも、大樹はあのコートの方がいいんでしょ？　私、行くよ」

遮るように言い返しながら、私は返事を待たずに歩き出していた。

『駅前からじゃそこそこ距離あるだろ』

「バカにしないで。それに大樹だって、本当は一対一がしたかったんでしょ？　負けっ放しのままじゃ悔しいから」

『……負けっ放しなんて、小学生の時の話だろ』

やっぱりだ。負ける気なんてさらさらないみたいな言い方。

私はスマホを持つ手を替えながら、人波を抜けて歩道を渡っていく。

「小学生の時でもなんでも、負けっ放しには変わりないじゃん。私は今だって負けるつもりないから」

『はあ？　いや、今の俺と晴じゃ』

「やってみなきゃ分かんないでしょ。とにかく私、もう駅前から離れてるから。いい？」

本当は、勝てる気なんて全然していなかった。

それでも、こんな言い合いをしている方が、私たちらしい気がしたから。

ほどなく、溜め息交じりの笑い声が聞こえてくる。

「ったく、分かったよ。でも、もし俺が勝ったら、その時は――」

そのあとに続いたはずの大樹の言葉が、ずっと思い出せずにいる。

六　なつかげ

「んっ……」

　朝まだきの薄暗い座敷《ざしき》の中、晴《そら》は寝づらそうに体をよじらせながら目を開ける。

　六畳を隈《くま》なく覆うように並べられた布団の上には、ハルの計らいで泊まることになった五人の少女たちがひしめくように横たわっていた。

　座敷の中央では長身の藤《ふじ》が大の字の豪快な寝相を晒《さら》し、それを厭《いと》うような格好の桜花《さくら》と涼風《すずか》が揃《そろ》って襖側《ふすまがわ》を向いている。

　背の低い夏蓮《かれん》は藤の左脇の辺りで赤子のように丸まり、その収まりのいい体に縋《すが》りつくような体勢の幸乃《ゆきの》が安らかな寝息を立てていた。

「この部屋で六人じゃ、こうなっちゃうよね」

　独りごちながら上体を起こした晴は、自身の傍らで丸くなっているセミの手を取ってじっと見つめた。元より雪のように白かった手は、今では晴の肌色がうっすらと透けて見えるまでに消えかかっている。

　晴は慎重に立ち上がりながら障子を開け、廊下へ出た。

東側の縁側まで来て座り込むと、踏み石に足を載せてぐっと伸びをする。

彼方《かなた》の空は仄《ほの》かに白み始めていた。昼間に比べれば幾分涼やかな空気で、風のない庭は時が止まったように静まり返っている。

にもかかわらず、晴は背後まで歩いてきたセミの存在に気づかなかった。

「なにしてるの？」

「うわっ⁉　……って、セミちゃんか」

「そんなに、驚いた？」

「だってセミちゃん、全然足音させてないんだもん。まるで、本当に」

軽口のように言いかけた言葉を呑《の》み込《こ》み、晴は押し黙る。

その隣にセミが座り、いつものように寝心地のいい太ももに横たわった。

「まるで、幽霊みたい？」

「言わないであげようと思ったのに。どうして自分で言っちゃうわけ」

「なんとなく、分かるから。晴の言いたいこと」

「なのに、私がここでなにしてるのかは訊《たず》ねるんだ」

「それは、本当に分からなかったから」

ぼんやりと晴を見上げる瞳の琥珀色《こはくいろ》も、半透明な水晶を通したように輝きを淡くさせている。

晴は癖のようにセミの髪を撫《な》でながら、眠るように目を細めた。

「おばあちゃんの家に来てから、起きる時間がどんどん早くなっていくんだよね。こんな早朝の空、久しぶりに見た気がする」

「眠れないから、ここに来たの？」

「そうでもないよ。久しぶりにたくさん運動したからなのかな。眠りが深くて睡眠効率もいいみたいな。その辺は、私もよく分からないけど」

「昨日の晴、格好よかった。シュート、綺麗《きれい》だった」

素直な、心から嬉《うれ》しそうな声を聞いて、晴は小さくはにかむ。

「スリーポイントシュートでもなかったし、打ちながら倒れちゃってたじゃん。ほんとは格好悪かったでしょ？」

「わたし、嘘《うそ》つくの、苦手」

「そっか。でも、昨日は久しぶりに気持ちよかったかも。あんなでたらめなフォームで、ただ届かせるだけみたいに無理やり打ったはずなのに、入るって確信してた。倒れながら私、心の中ですぐにガッツポーズしてたの。子供の時みたいに」

「自信、あったんだ」

「そうだね。ここ最近じゃ一番体が重いくらいだったのに、あの時だけは違った。なにもかも思い通りだった。あの一瞬だけは、昔の私みたいだった」

「違う。それも、今の晴」

「今の、私？」

「晴は、ずっと続いてるから。違って見えても、やっぱり一緒。昨日の晴が、今日に続いてる」

晴は細めていた目をゆっくり開いていく。

セミの柔らかな笑みと、少しずつ陽の光を広げ始めている東の空を交互に見て、晴は確かに口元を綻ばせる。

「セミちゃんは、ずっと私のこと見ててくれたんだね」

「うん。晴のこと、好きだから」

「改めて言われると、ちょっと恥ずかしいけど……でも、そのおかげなのかもって。セミちゃんがずっと見ててくれたから、がんばれた気がした。バスケでも、初めて山で会った時も」

「わたしの、おかげ？」

「うん。まあ、最初はちょっと不気味な気もしたけどね。だけど、今はセミちゃんが傍《そば》で見ててくれるから、がんばれるの」

晴は微《かす》かに、悲しげな色を瞳の奥に忍ばせた。

「明日で、一週間になるね。セミちゃんと出会ってから」

「うん」

「消えたりしないよね？　このまま、いなくなったりしないよね？」

返答は、すぐにはなかった。

晴からぎゅっと手を握られてようやく、セミは囁《ささや》くような声で言った。

「ずっと、傍にいたい。晴の傍に」


明け方にはひっそり閑としていた縁側も、昼前には夏らしい賑《にぎ》わいを見せていた。

ほとんど真上まで昇った太陽が熱い眼差《まなざ》しで見下ろし、明るく照らされた赤松の幹で、蟬《せみ》が甲高い鳴き声を上げている。

この時分も、晴は縁側に座り込み、夏蓮と幸乃の二人に挟まれて束《つか》の間《ま》の談笑を楽しんでいた。涼しい座敷の中ではなくわざわざ日の照った庭先にいるのは、朝食後に藤が発した何気ない一言がきっかけだった。

「せっかくだし、もっと夏らしいこともしたいよな。スイカ割りとかどうだ？」

「どうだって、あんたスイカ持ってきてんの？　なきゃ話になんないじゃない」

夏蓮が手厳しく指摘していたが、藤は変わらず飄々《ひょうひょう》とした様子で、

「こんだけ畑ばっかりなんだし、スイカの一つや二つ、その辺に転がってるんじゃねえの」

「野イチゴじゃあるまいし、生《な》ってたら取ってもいいみたいなものでもないでしょ。それとも藤が買ってきてくれるわけ?」

「そんなお金はナッシング。だから、晴のばあちゃんに聞いてみるしかない」

「うわ、老人にたかろうとか。しかも他人様のおばあさんに」

「ちゃうちゃう。もしあるなら譲ってもらおうって意味。というわけで晴、お願い!」

いささか不躾《ぶしつけ》な頼み事だったが、晴は「まあ訊《き》くだけなら」と消極的な様子で引き受けた。

しかし幸運にも、ハルは近所の農家から大玉のスイカを一つもらったばかりで、午後には晴たちに振る舞うつもりでいたという。

「竹刀《しない》もビニールシートも納屋の中にあると思うから、遠慮なく使ったらいいよ。怪我《けが》だけはしねえようにね」

ハルからの了承も取りつけ、藤の希望もいよいよ叶《かな》いつつあった。

けれど催しの支度が整っても、庭先にはまだ当の藤の姿がない。

涼風と桜花もおらず、晴は先に来ていた夏蓮、幸乃と共に待ちぼうけの状態だった。

「遅いわね、あの三人。なにしてるわけ?」

「藤ちゃんは『着替える!』って言ってたけど。こんな時のための服も持ってきてるって」

「こんな時って、スイカ割り用ってこと?　イミフ。どんな服なわけ」

「汚れてもいい服ってことじゃないかなぁ。ほら、割れたスイカって、パーンって破裂するでしょ？　前に動画で見たことあるよ」

「ユキが言ってるのって、たぶん輪ゴムでスイカ割るやつでしょ。何本まで耐えられるかってやつ。スイカ割りじゃどうやったってあんな風に飛び散らないからね」

「そうなの？　じゃあ藤ちゃんたち、どうして着替えてるのかなぁ」

「それが分からないからイミフって言ったの。言い出しっぺのくせして、準備もほとんどこっちに任せて。来たら文句言ってやる。ね、晴？」

　夏蓮から同意を求められ、晴は「そだね」と曖昧な苦笑いを浮かべた。

「でも、私の都合でこんな遠いところまで来てもらったわけだし」

「別にいいんじゃない？　藤もなんだかんだ満足してるみたいだし。あーあ、特待もらった呑気《のんき》な奴《やつ》らが憎らしい。こっちは模試だって受けなきゃなのに」

「そんなに不安なら、無理して残らなくてもよかったんだよ？　私は、一緒にバスケしてくれただけでも嬉しかったし」

「嫌。うちだけ帰ったりしたら、また藤からバカにされるもん。それに、ユキも残るって言うから」

「こうやってみんなで遊ぶの、久しぶりだからねぇ」

　幸乃が幸せそうなえくぼを作ると、夏蓮も満更でもなさそうに苦笑する。

「まあそういうわけだし、うちだけ帰るなんて選択肢はなかったの。晴のおばあちゃんたちには面倒かけちゃうけど」

「それは大丈夫みたいだよ。おばあちゃんも、この家がこんなに賑やかなのは久しぶりだって喜んでたから」

「三方《みかた》君も残ればよかったのにねぇ。桜花ちゃんは残ったのに、なんで一人で帰っちゃったのかな」

　不思議そうに言った幸乃の言葉通り、大樹《たいき》はこの家に泊まらず、どこか遠慮するように一人帰っていった。

「晴ちゃんも、三方君が残ってくれた方が嬉しかったでしょ？」

「そんなことないってば。なんでみんな、私と大樹のことをそんなに噂《うわさ》したがるんだろ」

「見てれば分かるからでしょ。どう考えたってただの腐れ縁じゃないって」

　夏蓮がからかうような目をして、華奢《きゃしゃ》な肩をぐいぐいと晴の腕に押し込む。

「ほんとのところはどうなの？　うちたちだけには教えてよ」

「教えてよぉ」

　幸乃もにっこり笑って同調したが、晴は困ったようにかぶりを振って、

「会ったのだって昨日が久しぶりなんだよ？　そもそも、中学に上がってからあんまり口利いてなかったし」

「その割に、昨日は楽しそうに話してたじゃん」

「全っ然。私、あいつに怒ってばっかで」

「喧嘩《けんか》するほど仲がいいってことでしょ」

「その理屈なら、夏蓮と藤の方が仲いいと思うけど。喧嘩ばっかりだし」

晴の反撃に、夏蓮は「はあ⁉」と顔を赤くさせた。

「うちと藤が仲いいとか。マジありえないから」

「そんなに嫌?」

「身長が入れ替わったってお断りってくらいにはね」

散々な言い草に、晴は噴き出すように笑う。

その反応がまた癪《しゃく》だったのか、夏蓮は「ぐぬぬ」と小さな頬を膨らませた。

「そうやって口を割らないって言うんなら――幸乃、ちょっと晴を押さえてて」

「はぁい」

夏蓮の指示に従順な幸乃が、晴を羽交い締めにして身動きを封じる体勢になる。

「ちょ、なに?」

「古今東西、ホシが吐かなきゃ拷問するのが慣わしなの。というわけで、今から晴を無限くすぐり地獄の刑に処すわ」

「待ってよ! 私、くすぐりとかほんとダメで――ひゃっ!」

すでにじたばたと悶《もだ》えている晴の脇腹に、満面の笑みを浮かべた夏蓮の指先がそっと触れる。

「知ってる。だからやるの」

「ちょ、夏蓮！　ほんとにやめっ——あはははははははははははっ!!」

容赦のない夏蓮の手つきに刺激され、晴はけたたましい笑い声を上げた。

なんとか逃れようと体をよじらせていたが、がっしりと摑《つか》んで離さない幸乃の腕を振りほどくことができず、十秒と経《た》たずに息絶え絶えとなっていた。

「か、夏蓮。ほんとたんま、たんまってばっ」

「だが断るわ！　晴が、話すまで、くすぐるのを、やめないんだから——！」

もはや意地になっているような夏蓮の笑みに、晴は半ば諦めたように笑い転げた。

けれどこのくすぐり地獄も、無限に続くことはさすがにありえず、

「おっ、なになにー？　なんかすでに楽しそうなことになってるじゃん」

陽気な藤の声が聞こえると、夏蓮も手を止めて振り返った。

そして、藤の姿を見て怪訝《けげん》そうな顔つきになる。

「……なんで、水着なんか着てるわけ？」

「新しいやつ買ったって言ってたじゃん？　海行きはご破算になったけど、一応持ってきてはいたわけさ。こんなこともあろうかと」

水風船のように揺れる胸元やすらりと伸びた長い足を臆面もなく披露する藤。

その後ろにいる涼風と桜花は、くびれた腹部やシミ一つない素足こそ晒しているもののどことなく気恥ずかしそうで、共に薄い上着を肩から羽織っている。

それでも晴や幸乃を呆気《あっけ》に取らせるには充分だったらしく、夏蓮に至ってはひどく呆《あき》れたような溜《た》め息《いき》をついていた。

「なにがこんなこともあろうかよ。ていうか去年と大して変わらないビキニに見えるんだけど」

「へえ、夏蓮って記憶力いいんだな。デザインは確かに同じのなんだよ。サイズだけおっきいのにしたわけ。去年のきつくなっちゃってたから」

「ああそう！　そうやってまた、なんとはなしにうちをディスってるわけだ。１４８センチで止まった幼児体型には一生分からない感覚だろうなって！」

「そんなつもりはなかったけど、なになに？　やっぱり止まっちゃってるの？　悲しいわねぇ、胸のお肉ならいくらでも分けてあげたいんだけどね邪魔だから」

「いらないわよ！　いや、胸もちょっとは欲しいけど、まずは身長よ！　50センチ寄越しなさい！」

「１９８センチになる気か⁉　マイケル・ジョーダンじゃん……」

「ていうか、なんで涼風たちまで水着なわけ？　藤に弱みでも握られてるの？」

夏蓮に人差し指を向けられると、涼風は照れたように肩を竦《すく》めながら、

「水着に着替えたら、藤が3×3《スリーバイスリー》の大会に出てくれるっていうから。桜花も一緒に」

「バスケで買収されてるし！　あんたの将来が少し心配になってきたんだけど」

「大丈夫。必ず優勝するから」

「そういう心配じゃないから……」

意気込む涼風に対し、隣で「あたしは完全にとばっちりだけどね」と頬を掻《か》く桜花。

夏蓮はどっと、疲れたように肩を落としていた。

「いいなぁ、水着」

他方、晴と共に啞然《あぜん》としていた幸乃がぽつりと言う。

「部活引退してから太っちゃったから、ほんとは海じゃなくてホッとしてたんだぁ。でも藤ちゃんたち見てると、スタイルいいから羨ましいって思っちゃう」

「そうね。私も今は、水着は嫌かな。そもそも持ってきてもないけど」

「じゃあ晴ちゃんは仲間だねぇ。水着着ない同盟、みたいな」

「さっきまで羽交い締めにしてた人が、同盟？」

皮肉るように訊かれても、幸乃は案外したたかな微笑《ほほえ》みを見せ、

「昨日の敵は今日の友、だよ」

「昨日どころかつい数分前の敵だったんだけど」

「私のことだけじゃないよぉ。もちろん、レンちゃんでもなくて」

「え？」

「昨日の敵のこと。晴ちゃんも、本当は仲直りしたいんじゃないかなぁって」

穏やかながら、その言葉は晴の目を見開かせるものだった。

「……分かんないよ。昨日の今日じゃ」


藤が希望した催し――スイカ割りは団体戦となり、格好からして分かりやすいとして、水着組と普段着組による三対三が始まった。

立て続けに空を切る竹刀が多かった中、夏蓮だけは露骨な野次を飛ばす藤の声に反応してか、目隠しをしていると思えないほど迷いのない歩様《ほよう》で斬りかかっていた。

「ちっ、惜しい」

「惜しくねえ！　スイカあっちだし！」

すんでのところで藤がよけたため空振りとはなったものの、夏蓮は一矢報いた武士《もののふ》のように満足げだった。

その後、水着組の大将だった桜花も失敗に終わると、夏蓮が鼻を鳴らすように笑う。

「脳筋二人の指示じゃ、いくら桜花でも上手《うま》くいきっこないわ。とにかくこれで向こうの

勝ちは消えたわけだし、あとは晴が成功すればいいだけね」

そうして竹刀を託された晴だったが、その顔は不安げなままだった。

「ねえ夏蓮、こっちだって失敗続きだと思うんだけど。そもそも向こうの方が惜しいくらいだったし」

「惜しくても割らなきゃなんの意味もないわ。それがスイカ割りでしょ？」

「迷わず藤の頭をかち割りに行こうとしてた人が、よく言うよ」

「そう、大切なのは迷わないことなの。晴もうちたちの指示にとらわれずに、最後は自分の意思で竹刀を振り抜いて」

「わぁ、レンちゃん格好いい」

「それって要するに、指示なんか当てにしないでってことだよね。これ絶対やばいよ」

一抹の不安を吐露した晴だったが、その不安はすぐに現実となる。

夏蓮からの「まっすぐ前に四歩」、幸乃からの「十五度くらい右に向いて二歩」という指示に従っていた晴だったが、幸乃が焦ったように発した「あっ」という声が聞こえたせいか、竹刀を振ることができずその場で動きを止めた。

「二人とも、指示は一回きりだからなー。もうなにも言ったらダメだぞー」

藤のからかうような注意が飛び、夏蓮や幸乃の声が途絶える。

晴がいる位置は、スイカを捉えるのに適当とは言いがたかった。

味方からの指示はもう望めない。自身の感覚を頼りに移動する必要があったが、目隠しをされている状態ではもはやどうしようもない。

ほどなく、半歩だけ前進した晴が、諦めたように竹刀を振り上げた、その時。

「晴――もう一歩だけ、前っ」

セミが、少しだけ張り上げた声で言った。普段はそよ風に揺らされた風鈴の音のようにか細い声が、この時ばかりは凜《りん》とした音色を湛《たた》えていた。

少女たちの中でセミの声が聞こえるのは、晴のみ。

なにも見えていない晴はハッと息を呑んでいたが、やがてそれがセミの手助けと気づいたのか、左足で力強くもう一歩を踏み込み――竹刀を振り下ろす。

迷いの失《う》せた一振りは果たして、スイカの中心を見事に捉えた。

晴はすぐに目隠しを取り、およそ半分に砕かれたスイカを見下ろした。

「すげえ！　本当に割っちゃってるよ！」

驚く藤を皮切りに、少女たちが晴のもとへ集まってくる。

もはや敵も味方も関係なく、全員が一様に晴の手柄を称《たた》えていた。

「にしても結構ぐちゃぐちゃだな。もうちょっと真っ二つになると思ってたけど……お、でもちゃんと甘い」

飛び散った果肉の欠片《かけら》を口に運ぶ藤の頭を、夏蓮が軽く手で叩《たた》く。

「なに勝手に食ってるのよ。負けた方が切り分ける約束でしょ」

「んなこと言っても、こんな状態になったスイカなんて切ったことねえし」

「藤ちゃん、普通のスイカなら切ったことあるの？」

「いや、ない。ナッシング！」

幸乃からの疑問に藤がはつらつとした笑顔を向ける。

夏蓮は「でしょうね」と呆れたように呟《つぶや》き、涼風や幸乃は揃って噴き出すように笑っていた。

「あたし、やったことあるから大丈夫よ。みんなもちょっと手伝って」

桜花が手際よく砕けたスイカを拾い始めると、同じ組だった涼風や藤はもちろん、なぜか勝ったはずの幸乃まで手伝い始め、つられて夏蓮も渋々と手を貸していた。

しかし晴は、自然と五人の輪から外れ、縁側の角を曲がって日陰になっている裏庭まで来ていた。どこからともなく声を上げ、自分に最後のもう一歩を踏み込ませたセミの姿を捜しているようだった。

縁側に独りきりで座り込んでいたセミは、日なたの庭先で和気藹々《わきあいあい》とさんざめく少女たちに比べればひどく寂しげに映った。先ほど、立ち往生していた晴に助け船を出したのも、セミなりに少女たちの遊びに加わりたいと望んだからかもしれない。

セミは晴の目にも寂しげに見えたのか、晴は今にも声をかけたそうな眼差しを向けていた。けれどそうしないのは、縁側の奥の安楽椅子にハルが腰かけていたからに違いなかった。

「ああ、晴かい。楽しく遊んでるか？」

眠るように目を細めたままハルが訊ねる。

晴は「うん」と頷《うなず》きながら、あえてセミの隣に身を寄せるようにして座った。

セミも嬉しそうに頬を緩め、晴の肩にこてんと頭を傾ける。

「スイカは食べたのかい」

「今さっき割ったから、もうすぐ食べるよ」

ハルに答えながら、晴は自然とセミの頭を撫でようとする。

けれどそれが不自然な光景になるかもしれないと気づいたのか、セミがだらんとさせている手をこっそりと握り返す程度に留《とど》めていた。

「ねえ、おばあちゃん……明日って、なにか大事な日だったりする？」

「明日かい？」

「うん。なにかあるとか、特別な日だとか」

曖昧模糊《あいまいもこ》とした問いかけだったが、ハルは「ああ」と得心がいったように頷き、

「明日は、七月も終わる日だったね。なら夏越祭《なごしさい》がある日だべ」

「夏越祭？」

「すぐ近くの神社でね、祓《はらえ》をするためのお祭りがあってね。茅《ち》の輪《わ》くぐりとか水鏡《みかがみ》映《うつ》しとかやって、身を清めてから夏を越すんだべ」

「茅の輪くぐりっていうのはテレビで見たことあるかも。茅《かや》で編んだ大きな輪っかをくぐるんだよね。この辺りの神社でもあるんだ」

「夏越の祓は珍しくない神事だべ。色んなとこでやってっけど、一年のちょうど半分だからって六月の終わりにやるとこが多いって聞くね。この辺の神社は昔ながらの旧暦の水無《みな》月《づき》みたいだから」

「ふぅん。水鏡映しっていうのはなにをするの？」

「茅の輪をくぐったあとにね、奥の水屋形で水に顔を浸して清めるんだべ。昔は神社の傍にあった本物の池でやってたけど、今は新しい場所に移ったから水屋形はその代わりだね」

「神社の傍の、池？」

そう訊ね返すと、晴は肩にもたれているセミを一瞥《いちべつ》する。

「昔の神社って、もしかして私と兄さんが行った……」

「ああ、そうだったね。昔は山の中にあったのが、今は町の中に新しく移されたんだべ」

「私、山の中でその池を見た気がするの。お清めのための池だったの？」

「そうだねぇ。今じゃあんまし綺麗じゃないって聞くけど、昔は水の鏡って言われるほど澄んだ池だったらしくてね。池に映った人ならざるものの、真《まこと》の姿を明らかにしたっていう伝承があるんだべ」

「人、ならざるもの……」

「そう、だから水鏡映しって言ってね。今じゃ茅の輪くぐりと合わせて、無病息災を祈るためになってっけど。晴も行ってみた方がいいべ。確かちょうどいい浴衣《ゆかた》もあったから」

「あ、うん。ありがとう」

気の抜けた返事をしながら、晴はなにか考え込んでいる様子だった。ぼんやりと俯《うつむ》き、時々視線だけをセミに向けている。

「ああ、そろそろお昼の支度をしなきゃだね」

ハルが杖《つえ》を頼りによろよろと立ち上がると、晴は慌てて顔を上げ、

「私も、なにか手伝おうか」

「いいよ、みんなと遊んでな。お昼は晃《あきら》が手伝ってくれると思うから」

「でも、この前も兄さんが」

ちょうどその時、切り分けられたスイカを両手に持った桜花が姿を見せた。晴を見つけると、「こっちにいたんだ」と呼びかけながら歩いてくる。

「あ、晴のおばあちゃん。スイカありがとうございました。今からみんなで食べます」

しっかり者らしい桜花の言葉に、ハルは「ああ」と優しく頷いて縁側から去っていく。

ハルが障子の奥に消えると、桜花はほっと息をつき、

「足、随分悪そうだったね」

「うん。だから私、お昼作るの手伝おうかって言ったんだけど」

「晴が？　料理とか得意だったっけ」

「ううん、からきし。スイカ、もらっていい？」

「もちろん。晴はこっち、大きい方ね」

「小さいのでいいよ」

「一番の功労者がなに言ってるのよ。藤と夏蓮なんて、どっちが大きい方を食べるのかで言い争ってるくらいなのに」

「あの二人の場合はスイカが目的っていうより、ただの意地の張り合いだと思う」

「ふふ、それもそうね」

鼻を鳴らすように笑いながら晴の隣に腰を下ろす桜花。反対側にはセミもいるため、晴は二人から挟まれる形になった。

しばらくの間、晴は黙々とスイカを食べ進めていた。

一口食べる度に桜花を見てはなにか言いたげにしていたが、ぼんやりと手元のスイカに目を落としたままでいる桜花の様子が不思議だったのか、かけようとした言葉を何度も呑み込んでいるようだった。

結局、スイカにほとんど口をつけていない桜花は、晴が口の中の種を庭先に吹いて飛ばしてみせたのに気づいて、ようやく顔を上げる。

「そんな風に種飛ばしてると、ずっと昔からここに住んでいる人みたい」

「そう？　初めてやったけど。こういうのって漫画とかだとよくある気がしない？」

「その割には結構飛んでたけど。さすがはアウトサイドシューター？」

「全然違うセンスだと思う。桜花もやってみればいいのに。ていうか、食べないの？」

何気なさそうに訊ねた晴だったが、桜花が「ええ」と曖昧に頷いたきり俯いたためか、気遣うような眼差しを向けた。

「桜花？　どうしたの」

「大樹のこと、まだ怒ってる？」

「え？」

「昨日、聞いちゃったからさ。水道のとこで、晴がぶつぶつ話してた独り言」

「あ、あれはその、本当になんでもなくて」

晴は照れたように顔を背けながらセミを一瞥した。

薄絹のように澄んだ目蓋《まぶた》が、今にも眠ってしまいそうにとろんと閉じかけている。

「晴、あの時言っていたでしょう？　大樹が待ち合わせ場所を変えたからだって。だからあいつのせいだって」

「……その話は、したくない。怒るとか怒らないとか、もうそういうんじゃないし」

「いいえ、話さなければいけないと思うの。あの日のこと」

思い詰めたような表情で、桜花は口早に告げた。

「本当は、大樹のせいなんかじゃない。全部、あたしのせいだったから」


「桜花の、せい……？」

「あたしが原因なの。大樹が当日になって、待ち合わせ場所を変えたこと。そのせいで、晴が……」

震える晴の手元から、食べかけのスイカがするりと滑り落ちた。

「どういうこと？　そんなの、大樹からはなにも」

「ええ……たぶんあいつも、あたしのせいだなんて欠片も感じてないと思う。全部、自分のせいだって」

「そう、そうだよ。あの日、大樹がいきなり電話してきて。桜花だって覚えてるでしょ？　元々、駅前に集合って言ってたのに」

「もちろん。だって、あたしが大樹から聞いて、晴に伝えたものね。二人とも、連絡先の交換とかしてなかったから。あたしが昔みたいに、中継役になってさ」

桜花の声は努めて抑揚を削《そ》いだような、淡々としたものだった。

「大樹があとで言ってきた場所って、あのバスケットコートだったでしょう？　運動公園の中にあるコート」

「そうだけど……大樹から聞いたの？」

「いいえ。ただ、そんな気がして。あの時、あたしが余計なこと言ったせいで」

力のない笑みを浮かべ、桜花は続ける。

「実はね、大樹が晴を遊びに誘おうとしていたこと、あたしはだいぶ前から聞いていたの。決意表明だとか、まあそんな理由で」

「決意、表明？」

「大樹は昔から……たぶん晴と出会ってまもない時から、晴のことが好きだったの。その気持ちを晴に伝えたいって、ずっと考えていたんだと思う」

晴はハッと息を呑む。

日陰の庭に柔らかな風が吹き込み、軒下に吊《つる》された風鈴がチリンと音を散らした。

「でも、大樹には変なこだわりがあったみたいでね。晴に一対一で勝つまでは告白しないって、ずっと決めていたらしいの。あいつらしいでしょう？

でも結局、ミニバスの間は晴に一度も勝てなかった。中学に上がってからは大樹の背がぐんと伸びて、体格的な差ができてしまった。そんな状態で一対一に勝てたって、フェアじゃないって思ったのでしょうね。それであいつは、自分の目標を変えたの」

——晴はきっと主力になって、女バスを県大会に導く。

——だから自分も、男バスで同じことができたら……。

それが新たな大樹の目標だったと、桜花は打ち明けた。

「そういうとこも大樹らしいっていうか。普通に一対一をすればいくらでも勝つチャンスがあったのに、楽な道に逃げなかった。大樹はどうしても、晴に認めてほしかったんだと思う。それだけ、晴のことをずっと見ていたんだと思う。

で、大樹は見事にやってのけたんだよ。あんなに下手だったのに、いつの間にか男バスの主力になって、県大会まで行って。地区大会を突破するのが既定路線の女バスよりも、遥《はる》かに難易度が高いハードルを越えてみせた」

淡々としていたはずの桜花の声に、暗然とした気配が滲《にじ》んでいく。

「大樹の決意を聞いた時、あたしはいつもみたいに茶化しちゃったと思う。でも、あいつはいつもみたいに誤魔化《ごまか》そうとしなかった。本気なんだと思った——それがどうしようもなく、怖かったの」

「怖かった……？」

「本当は、ずっと怖がっていたんだと思う。晴に何度負けても、絶対に諦めようとしない大樹を見て。その度に、上手になっていく二人を見ていた時から。

あたしはね、晴にバスケで負けても、悔しいとは思わなかったの。たとえ自分の方が先に始めていても、才能がある子には勝てない。そんなのはよくあることでしょう？　バスケに限った話じゃなくね……。

だからあたし、最初からなにもかも諦めて、楽しめればそれでいいって思うことにしていたの。三人で、いつまでも楽しくバスケができればいいんだって。

でも大樹を見ていたら、怖くなっていく自分がいた。中学に上がってからみるみる上達していくあいつを見て、胸の中がざわざわしていた。ずっと理由が分からなかったけど、大樹の決意を聞いてようやく理解できたの。

あたしは、自分だけが取り残されるのが怖かったんだと思う。もし晴が、大樹の気持ちを受け入れたら……あいつが、晴に並ぶような存在になってしまったらって」

桜花は一度息をつくと、今更になって手元のスイカをわずかに齧《かじ》った。

「だからあたし、つい言ってしまったの――『駅前なんて、らしくない』って」

「らしく、ない？」

「そう、大樹らしくない。あいつがあたしを経由して晴を誘う時は、決まってあのバスケットコートでの一対一だったから……バカみたいでしょ？　もう小学生の頃とは違うって分かり切ってるはずなのに。意地の悪いこと言ってるなって自覚はあった。

でも、そうでも言って笑ってやらないと、辛《つら》いだけだったから。二人だけが、あたしを置いてどこか遠くに行っちゃうような……三人でバスケしていた頃みたいな時間なんて、もう二度と戻ってこないような気がして」

「……それで、大樹が待ち合わせ場所を変えたっていうの？」

「あたしに言われてあいつ、本気で悩んでたみたいだったから。あたしは、言われた通り晴に伝えたけど」

「なら、桜花が悪いわけじゃないじゃん。当日になって待ち合わせ場所を変えたのは大樹なんだから」

「本当にそう思える？　なにもかも大樹のせいだって、あたしはなにも悪くなかったって言い切れる？　あたしがあんなこと言ってなかったら、大樹は待ち合わせ場所を変えようなんて思わなかったはずでしょう？　そうしたら、晴だってきっと……」

声を荒らげかけた桜花だったが、すぐにハッと自制すると、手元のスイカに視線を逃がした。

晴のスイカは踏石の上に落ちたままだった。零《こぼ》れた甘い果汁の周りにはすでに、小さな蟻《あり》の群れが整然と列をなしている。

「結局、あたしは逃げていただけだったのかなって。晴に歯が立たない大樹を、心の中でバカにして、自分は三人で楽しくバスケができればいい、別に勝てなくたっていいなんて言い訳して。賢そうに立ち回ってるふりをして、本当はただ、気楽なところで立ち止まっていたかっただけ。

そんなあたしの弱さが、結果的に晴を不幸にしたんだと思う。晴だけじゃなく、大樹の決心も踏みにじって。そのことを今の今まで言わずにいた自分が、ずっと許せなかった。ずっと嫌いだった……」

そうしてようやく、桜花はまっすぐに晴を見つめる。

「だから、晴もあたしを許さないで。あたしのことなんて一生許さなくていい。でも、大樹のせいだなんて思わないでほしいの。大樹は悪くない、悪いのは全部あたしだったから。そう思ってくれて、いいから」

言い終わる頃には、桜花はぼたぼたと涙を落とし始めていた。拭っても、振り払おうとしても、どうしても止まらないようだった。

晴はなにも言えずに俯き、ぎゅっと目を瞑《つぶ》っていた。

凍えるように手のひらを震わせていたが、やがて隣にいたセミが優しく手を重ねてくると、意を決したように目蓋を開く。

「桜花を許さないでいるなんて、きっとできないと思う」

「……どうして？　あたしが余計なこと言わなかったら、あんなことにはならなかったのに。あたしが、晴のバスケを奪って」

「私もね、あの日から自分のことが嫌いになりそうだった。今までの自分と、なにもかもが変わったような気がして」

遮るように言うと、晴はゆっくりと顔を上げる。

懸命に涙を堪《こら》えたような、力強い笑みを湛えていた。

「でも、こっちに来てから、気づかされたの。私は変わってなんかない。ただ青い空が茜《あかね》色《いろ》に染まったり、雲に覆われて雨が降ったりするみたいに……変わったように見えても、昨日の空が今日に続いてるんだって。どこまでも続いていくんだって」

セミもまた淡い笑みを零していたが、晴は気づいていないようだった。

「それに、桜花は奪ってなんかない。私にバスケを教えてくれた親友だから。昨日だって私のシュートを思い出させてくれた」

「晴が、自分で思い出したのよ。あたしはなにも」

「ううん、桜花のおかげなんだよ。桜花が誘ってくれなかったら、私はバスケを始めてなかった。本当はずっと気になってたくせに、誰かに手を引かれるまで意固地になってたの
……きっと、大樹のこともそう。

中学に入ってから、大樹が前にも増してバスケをがんばってること、ずっと気がついてた。私もずっと、あいつのことを見ていたから。背も伸びて、どんどん上達して、どんな相手にもめげずに向かっていく大樹のこと。

なのに私は、自分から気持ちを伝えようなんて思わなかった。心のどこかで期待して、

ただ待ってるだけだった。私の方こそ、ずっと立ち止まったままだったんだと思う」

晴は再び桜花を見つめた。

すっかり薔薇色《ばらいろ》になった桜花の頬には、今も一筋の涙が音もなく伝っている。

「だから、今度は待ってあげない。桜花が自分を許せないことも、大樹の決意だって関係ない。私は、私の意思で歩いていくから。追いかけるから」

「晴……」

「それにね、たとえ中学バスケが終わったって、私のバスケ人生が終わったわけじゃないんだから。そうでしょ、桜花？」

その晴れやかな問いかけで、桜花はようやく相好を崩した。手の甲で目元を拭い、嗚咽《おえつ》を零しながら小さく頷く。

それからほどなく、桜花はなにかに気づいたように上着からスマートフォンを取り出すと、一転して噴き出すように微笑んだ。

「桜花？　どうしたの」

「いいえ。やっぱり、似た者同士だなって、そう思っただけ」

「どういう意味？」

「なんでもないわよ。なんでもない」

止めどなく溢《あふ》れる涙を拭いながら、桜花は嬉しそうに笑うだけだった。

「きっと、晴にもすぐ分かることだと思うから……」

七　とおはなび

この日、晴《そら》はまだ夜も明け切らないうちに目を開けた。

障子側に寝返りを打つと、団子虫のように丸くなっているセミにそっと手を伸ばす。

「今日で、一週間……」

ぼんやりと薄らいでいる、華奢《きゃしゃ》な背中。

触れるのをためらうように手を引くと、晴はぎゅっと目を瞑《つぶ》った。

ほどなく不安げな瞳を晒《さら》し、やがてまた辛《つら》そうに目蓋《まぶた》を閉じる。そんなことを繰り返しているうちに日も昇り、ほとんど眠れないまま朝を迎えた。

それでも日中は眠くもならなかったようで、夕刻になるとハルの手を借りながら浴衣《ゆかた》の着付けに励んでいた。その浴衣は、かつてハルが愛娘《まなむすめ》のためにと用意していた懐かしい代物で、木綿の上品な紫紺に水色で艶《あで》やかな蝶《ちょう》の柄があしらわれている。

「帯はきつくないかい？」

「ん、ちょっと」

「ちょっとなら我慢できるね。さ、鏡を見てご覧」

晴は、少しだけ不満げに唇を尖《とが》らせる。

けれど姿見に映った自分の姿を確認するや、満更でもなさそうな顔になっていた。

「ああ、丈もぴったりだね。よく似合ってる」

「本当によかったの？　これ、伯母さんのものなんでしょ？」

「あの子が着ることは、もうないからねえ……ほれ、髪飾りもつけてあげようかね」

「髪飾りって、その紅《あか》い組紐《くみひも》のこと？」

「ああ、紅紐《あかひも》といってね。おらの親友から譲り受けたもので、元は唐衣《からぎぬ》の帯締めだったんだけどね。この浴衣に似合うと思って用意しといたんだ」

「そっか。なんかいいね、友達からプレゼントって」

「はは、もう随分と昔の話だけどね。ほれ、一丁上がりだべ」

晴の鬢《びん》にすっかり色褪《いろあ》せてしまった紅紐を結び終えると、ハルは杖《つえ》をつきながら襖《ふすま》まで歩いていく。相変わらず引きずるような足取りだが、皺《しわ》だらけの顔には満ち足りたような笑みが浮かんでいた。

「じゃあ、おらは晃《あきら》の甚平見てくっから。草履《ぞうり》は玄関に用意しておくからね」

「ねえ、おばあちゃんは行かないの？　お祭り」

「おらは見ての通り、足がよぐよぐだから。それに、神様はいつも傍《そば》にいてくださるべ。お天道様《てんとさま》がみんなの家を照らしてくださるみたいにね」

そうしてハルが座敷《ざしき》を去ったあと、晴は姿見に向き直りながら自身の浴衣姿を見つめていた。隅で大人しく座っていたセミも立ち上がるや、すぐに晴のもとまで近寄り、

「晴、かわいい」

「そう？　紫って、私にはちょっと上品過ぎないかな」

「大丈夫。馬子にも衣装」

「それは褒め言葉じゃないよ……その通りだから別にいいけどさ」

苦笑いを浮かべながら、晴は前髪の分け目を念入りに整え始める。

セミも真似《まね》るように自身の髪をいじろうとしているが、淡く透き通っている金色の毛先が上手《うま》く指にかからず、すぐに諦めていた。

「晴、みんなとお祭りに行くんだよね」

「うん。桜花《さくら》たちは、おばあちゃんの知り合いの呉服屋さん？ってところに浴衣のレンタルに行ってるから、神社で落ち合うけど」

「わたしも、行っていいの？」

なぜか不安そうなセミの声に、晴が驚いたように振り返る。

「もちろんだよ。私だって、セミちゃんにはずっと傍にいてほしいんだから」

「ほんとに？」

「私がセミちゃんに嘘《うそ》をつくと思う？」

「思わない。でも、みんなと一緒だと、晴は」

セミが声にするのをためらうと、晴は申し訳なさそうな面差しになる。

「セミちゃんには、寂しい思いをさせることになるよね。私と話ができないから」

「わたしは、晴の傍にいられるだけでいい。けど、意味がないかもって、時々思う」

「意味？」

「わたしが、晴の傍にいる意味。わたしと話せなくても、晴は楽しそうだから」

その言葉に、晴は淡い笑みを零《こぼ》しながらセミの傍に身を寄せた。

「なんか、それも変な感じだよね。元はといえば、死にたがってたセミちゃんのために、私が傍にいようとしたのに」

「そうだっけ」

「そうだよ。出会ったばかりのセミちゃん、口を開けば死ぬ死ぬって、気安く言ってくれてさ。顔もずっと無表情だったし、誰も好きになってくれないからなんて、寂しいことばっかり言って。でも、今はどう？　あの頃に感じてた寂しさって、まだセミちゃんの中に残ってる？」

セミは小さく、けれどはっきりと首を横に振った。

「今は、晴が一緒にいてくれるから」

「それなら、やっぱり意味はあるんだよ。セミちゃんにとっても、私にとっても」

「晴にとっても？」

「うん。セミちゃんと会わなかったら、私はまたバスケをしようなんて考えなかったし、みんなとも会おうとしなかったと思うの。桜花の言葉を受け止めて、許すことだって。私の方こそ、セミちゃんに何度も励まされてきたような気がするの。

だから、ちゃんと恩返しがしたい。セミちゃんがいなくなっちゃう前に、思い出させてあげたいの。セミちゃんが本当はなんなのか、どうして私にしか見えてないのか」

「わたしは、いなくならない。ずっと、晴の傍にいる」

「分かってる。でも、現にセミちゃんの体、消えかかってる。セミちゃんの言ってた通り、今日がなにかのタイムリミットかもしれないから……私、確かめたいの」

「確かめる？」

「昨日、私のおばあちゃんが言ってたでしょ？　池と人ならざるものって話。セミちゃんと初めて会った山の中の池が、その話の元になってる場所じゃないかって思うの。人ならざるものって、人とは違うってことだから、もしかしたらセミちゃんとも関係してるかもって」

淀《よど》みなく言いながらも、晴の顔はどこか不安げだった。

「確証があるわけじゃないけど、なんとなくそうじゃないかと思って。とにかく、お祭りに行ってみないことには、なんとも言えないんだけど」

「うん。晴の言う通りにする」

晴の体にそっと身を預け、セミは柔らかな笑みを浮かべる。

顔を暗くさせていた晴も、真似るように微笑《ほほえ》みながらセミの頭を優しく撫《な》でた。

「本当は、みんなとも友達になれたらって思うの。今のセミちゃんならきっと、すぐにでも打ち解けられるはずだから。誰からも好きになってもらえないなんて、そんなこと絶対にないって思えるはずだから」

「もう、充分思ってる」

セミは呟《つぶや》くように言いながら、晴の懐の中でゆっくりと顔を上げる。

「でも、晴が嬉《うれ》しいなら。そうだったらいいなって……わたしも、思う」


野山や家々が蜜のような茜色《あかねいろ》に浸《つ》かった頃、晴とセミは祭事が催される社《やしろ》に向けて出発した。藍色の甚平に身を包んだ晃も一緒で、晴と並んで歩きながら白いうちわをパタパタと扇《あお》いでいる。

ハルから付き添うよう言われたようだが、晴とはまだほとんど言葉を交わしていない。晃が普段よりは寡黙だったことも理由の一つだが、晴に会話を拒んでいるような雰囲気があるのも確かだった。

「友達とはしゃぐのもいいけど、あんまし無理はするなよ。都会じゃないにせよ、お祭りは混むものだからな」

「うっさい。お節介」

「へいへい、なんとでも言ってくれ。今日の俺はばあちゃんからお前を託されてるナイトなんだからな」

「いらないし。みんなと合流したら、兄さんには消えてもらう予定だから」

「俺、消えるのか……？　いやいやっ、せめて離れたところから見守るくらいはだなぁ」

晃らしい饒舌《じょうぜつ》がようやく復活するも、晴は居心地が悪そうに顔を背けていた。

「まあ、ちょっと安心したよ。晴がやっと、普通に口利いてくれるようになって」

「別に、私はいつも通りだけど」

「あからさまに避けてただろ。納屋でボール出した時から」

「みんなが来てるからなるべく話さないようにしてただけ。兄さんと仲いいとか思われても嫌だし」

「それは避けてるって言わないのか？　ついに嫌われちまったのかと部屋の隅で泣きそうだったんだが」

「嘘ばっかり。ていうか元々、嫌いは嫌いだから。そこは安心して」

「ぐさっと来るなぁ。ま、とりあえず納屋の件は仲直りってことで。いいよな？」

飄々《ひょうひょう》と差し出された左手に、晴は仏頂面のまま右手で叩《たた》くことで応じる。

雑な手打ちでも、晃は「よし」とにこやかに笑って頷《うなず》いた。

社の近くまで来ると道も華やぎ始め、よそ行き姿の人の群れが彩り豊かな賑《にぎ》わいを見せていた。宵の口を照らす提灯《ちょうちん》がぽつぽつと吊《つる》され、社の入り口である大きな朱色の鳥居まで間断なく続いている。

人波に合流しようという頃、晴はハッと後ろを振り返り、家からずっとあとをついてきていたセミと手を繋《つな》いだ。

「人が多いから、はぐれないようにね」

セミは黙ったまま頷き、それから晴の体にぴたりと身を寄せるようにして歩いていた。

ようやく鳥居の前まで来ると、晃が顔の傍で暑そうにうちわを扇ぎ、

「そこの自販機で飲みもの買ってくるからちょい待っててくれ。アプリのチケット余ってるし、出店で買うより安上がりだろ」

そう得意げに言い残し、人混みから離れていく。

しかし晴は従わず、セミの手を引きながら鳥居の下をくぐった。

「晃、待たなくていいの？」

「桜花たちと待ち合わせしてるし、兄さんと並んで歩いてるところなんか見られたくないじゃん？　だから一回撒《ま》いとくの」

「晃のこと、許したんじゃなかったの？」

「……別に。許すとか許さないとか、そういうんじゃないし」

バツが悪そうに晴が俯《うつむ》くと、セミもそれ以上は晃のことについて訊《たず》ねず、

「じゃあ、どこで待つの？」

「そこの入り口でって話だったんだけど、みんなまだみたいだから。先に茅《ち》の輪《わ》くぐりを済ませておこうかなって。それと、水鏡映《みかがみうつ》しっていうのも」

広い参道には、様々な出店が立ち並んでいて盛況だった。

晴は鳥居から入ってすぐ左手にあった手水舎《ちょうずや》で口と手を清めたのち、セミと共に人だかりの隙間を縫うようにして石畳の境内を進んでいく。

短い階段を上ると拝殿が見え、人の背よりも大きな茅《かや》の輪の前には多くの参拝者が列をなしていた。決まった作法で茅の輪をくぐった者はそのまま拝礼へ向かうか、右奥にある水屋形へ進んでいくかで銘々分かれている。

水屋形は一見すると鳥居近くの手水舎と変わらないようにも思えるが、中には縁の丸い大きな石鉢が置かれており、竹筒の先から滾々《こんこん》と注がれる清水を溢《あふ》れるほど溜《た》めている。この石鉢の水に顔を浸して清める行いこそ、ハルが晴に話していた水鏡映しだった。

晴はひとまず、茅の輪くぐりの列に並んでいた。

ほどなく順番が回り、看板に描かれた作法を頼りに茅の輪くぐりを行っていく。

輪の前に立って本殿に礼をしたのち、左回りに輪をくぐって再び正面に立って礼、次いで右回りにくぐってまた正面に立って礼、更にもう一度左回りにくぐって再度正面で礼、最後にまっすぐ輪をぐぐり抜けてようやく終わりとなる。

セミと共に茅の輪くぐりを済ませた晴は、拝殿ではなく水屋形へと歩いていく。隣にいるセミを気にかけるように視線を傾けさせながら。

「どう、セミちゃん。体に変わったところとかない？」

「なんか、少しくらくらする」

「ほんとに？」

「いっぱい回ったから」

「それは、単に目が回っただけじゃないかな……」

無用な心配と分かったのか、晴は安堵《あんど》と呆《あき》れの入り交じった溜《た》め息《いき》をついた。

水屋形の番が回ってくると二人は石鉢の前で横に並び、山の中にある池を模しているという水面をじっと見つめる。

奥の竹筒から絶え間なく水を注がれている水面《みなも》は、常に細波《さざなみ》を打っていてせわしなく、微《かす》かに苔《こけ》が生《む》した石の縁から薄紗《はくさ》の帳《とばり》のような水の束を垂らしている。

「ここに、顔を浸ければいいの？」

「石鉢に直接じゃなくて、このたらいで水を掬《すく》うみたい。顔を浸ける前に、水に映る自分の顔をしばらく見つめて、浸けたあとは綺麗《きれい》な布で顔を拭いて、たらいの水は下の小石が敷き詰められているところに流しましょう、だって」

看板に描かれている作法を読み上げてセミに説明する晴。茅の輪くぐりに比べればいくらか単純に思える。

晴は二つのたらいで水を掬い、一つはセミに手渡した。作法通り水に映った自身の姿を見つめた二人は、息を揃《そろ》えたように水の中に顔面を浸す。

「……ぷは、冷たっ」

ほどなく、晴がたらいから勢いよく顔を上げる。頬は微かに赤らんでいた。

「やっぱり、なにも起こるはずないよね」

不満げに呟く晴をよそに、セミはまだ顔を浸したままだった。

晴は先に、たらいの中の水を玉砂利の上に流し、袂《たもと》から取り出した藍色の手巾《しゅきん》で濡《ぬ》れた顔を拭き上げる。

その時だった――バシャンと、水とたらいの落ちる音が耳をつんざく。

直後、セミの体がぐったりと、晴の方に倒れ込んでくる。

「セミちゃん……？」

晴が心配そうに声をかけたが、セミは力なく縋《すが》りつきながら、苦しげな呻《うめ》き声《ごえ》を上げるのみ。

後ろで順番を待つ者たちから怪訝《けげん》な目を向けられ始めると、晴はセミを連れて足早に水屋形をあとにした。社務所近くの瑞垣《みずがき》の前に置かれた長椅子にセミを座らせ、濡れた顔に手巾を当ててやっている。

「大丈夫？　どこか具合悪いの？」

「――えた」

「え？」

「わたし、見えた。水の中で、晴とわたし、一緒にいた」

要領を得ない言葉が並べられ、晴は余計に不安そうな眼差《まなざ》しになる。

「どういうこと？　一緒にいたって」

「池の前に、晴が立ってた。わたしも、そこにいた。一緒に、池の中に」

「それは――私が、初めてセミちゃんを見た時のことだよ。でも、池の中にってどういうこと？　セミちゃん、なにか思い出したの？」

「思い出した。でも、わたしは」

言いかけて、セミはぎゅっと口を結ぶ。

晴は困惑したように首を傾《かし》げたが、改めてセミの姿を見て、ハッと目を見開かせる。

「あれ？　セミちゃんの体、元に戻ってる……？」

「元に？」

「そうだよ！　ほら、消えかかってた体、元に戻ってる。全部、ちゃんと元通りだよ！」

華奢なセミの肩を抱くと、晴は素直な喜びを露《あら》わにした。

「よかった。これでもう、心配いらないよね。消えたりしないよね」

「……うん。晴と、ずっと一緒」

柔らかく相好を崩したセミに、晴が安堵したように涙を浮かべて抱きつく。

ちょうどその時、参拝者の列を抜け出してきた浴衣姿の藤《ふじ》が、晴のもとへ駆け寄ってきていた。

「こんなとこにいたのかー。待ち合わせ場所にいないからみんなで捜してたんだぜ？」

「藤……ごめん、先に済ませておきたいことがあったから」

晴が涙目を取り繕うように笑いながら振り返った瞬間、藤は「ええっ？」と驚き、

「なにその子、超かわいいじゃん！」

と、長椅子に座るセミを指差しながら言い放つ。

今度は晴が驚く番で、

「もしかして、セミちゃんのこと？　セミちゃんが分かるの？」

「へえ、セミちゃんって名前なの？　いや、マジかわなんだけど。写真撮ってもいい？」

訊《き》きながら、藤はセミの隣にどかっと座ってスマートフォンを掲げている。セミは多少の戸惑いを見せるも、藤に肩を抱かれると満更でもなさそうに顔を赤らめた。

「藤に、セミちゃんの姿が見えてる……？」

呆気《あっけ》に取《と》られたまま晴が独りごちていると、まもなく夏蓮《かれん》と幸乃《ゆきの》も長椅子のところまでやってくる。色違いながら同じ縞模様《しまもよう》の浴衣に身を包んでいた。

「晴ちゃーん、お待たせ〜」

「やっと合流できたわね。ところで、藤は一体全体なにやってるわけ」

「おお夏蓮、幸乃。見ろってこの子。めっちゃかわいいだろ。晴の友達らしいぜ」

「晴ちゃんの、お友達？」

「ほんとなの、晴？」

「う、うん。こっちに来たばかりの時に、山の中で会って」

二人にもセミが視認できていると分かってか、晴は嬉しそうに顔を綻ばせた。

この町に来てから最も満ち足りた、幸せそうな笑顔だった。

「晴ちゃん、もしかして泣いてたの？」

不思議そうに顔を覗《のぞ》き込《こ》んでくる幸乃に、晴は慌てて「ううん」と誤魔化《ごまか》し、

「あとの二人は？　一緒じゃなかったの？」

「桜花ちゃんと涼風《すずか》ちゃんはね、駅に寄ってから来るの」

「駅？」

「三方《みかた》君も、お祭りに来るからって。二人が迎えに行ってて」

「た、大樹《たいき》が？　なんで――」
晴はみたび驚くも、すぐに「あっ」と思い出したような声を出す。
――『やっぱり、似た者同士だなって、そう思っただけ』
――『きっと、晴にもすぐ分かることだと思うから……』

「三方は本当に、お祭りのためだけに来たのかしらねぇ」

夏蓮のからかうような一言に、晴はみるみる顔を赤くさせていく。

「な、なに？　その含みのある言い方」

「さあ、なにかしらね。じゃあそろそろ桜花たちも着く頃だろうし、鳥居のところまで戻りましょうか」

「出店でなにか買いながら戻ったらどうかなぁ。りんご飴《あめ》とか美味《おい》しそうだったよぉ」

「ユキはダイエット中なんでしょ？　キュウリの一本漬けくらいにしときなさいよ」

「ええ～、お祭りでキュウリ？　美味しいのかなぁ」

「夏蓮は牛乳一択だな。売ってるか知らねえけど」

「くたばれ大巨人。じゃがバターでも食べて火傷《やけど》してれば？」

三人が談笑しつつ戻り始めると、つられて晴もあとを追いかけようとする。

けれどセミが座り込んだままでいたため、すぐに長椅子まで駆け戻り、

「行こう。セミちゃんはもう、独りじゃないんだから」

「……うんっ」

差し出された手を取ると、セミは跳ねるように立ち上がり、晴の隣に並ぶ。

夏祭りはまだ始まったばかりだった。茜色の空は引き潮のように去り始め、暗い野山の奥から藍色の波が少しずつ押し寄せていた。


入り口の鳥居の傍で涼風、桜花、大樹の三人と合流すると、晴たちはすっかり大所帯となっていた。人通りの多い参道でひときわ周囲の目を引いていたのは、華やかな浴衣姿の少女たちに囲まれて楽しげに歩くセミの存在だった。

今やセミは晴だけに見えている幻でも幽霊でもなく、時には屋台で遊んでいた幼い子供までもが寄ってくるほどの人気ぶりだった。

「私の言った通りだったでしょ？　セミちゃんなら絶対、みんなから好かれるはずって」

「うん。晴の、言った通り」

セミがほんのりと頬を染めてはにかむ。

そんな表情がまた、晴を得意げな顔にさせていた。

射的や金魚掬《すく》いといった屋台で遊ぶようになると、それまで一団で行動していた晴たちは少しずつ散り散りになった。

晴は輪投げで遊ぶ子供たちをぼんやり眺めていたが、射的を終えた大樹と目が合うと、照れたように顔を背けようとする。

けれどほどなく、近寄ってきた大樹から「待てよ」と腕を摑《つか》まれ、

「そんな、あからさまに避けなくたっていいだろ」

「避けてないよ、別に」

「じゃあなんで目を逸《そ》らしたんだよ、今」

「それは……」

赤らんだ頰を隠すように、晴は少しだけ顔を俯かせる。

「大樹こそ、なんで今日来たの？」

「なんだよ、いきなり」

「そっちだって」

「……お祭り、来たかったから」

大樹の声が途端にぶっきらぼうなものになる。

晴は小さく噴き出すように笑って、

「なにそれ。お祭りだけなら、わざわざこっちに来なくたってよかったじゃん」

「い、田舎のお祭りがよかったんだよ。ほら、なんていうか……風情《ふぜい》がありそうな気がするだろ」

「風情？　がさつな大樹が使うような言葉とは思えないんだけど」

「誰ががさつだよ。ていうか、約束も果たせてなかったしな」

「約束？」

「一対一の時、言ってただろ。負けた方が言うこと聞くって。結局俺、晴からなにも言われてないからな」

「大樹って、そんな律儀な奴《やつ》だったっけ？」

「うるせえ。言わないってんなら放棄と見なすぞ。俺はそれでも構わないんだからな」

晴がまたおかしそうに破顔すると、大樹は余計に顔を赤くさせる。

「な、なにがおかしいんだよ」

「ふふっ、別に。じゃあ、そこの輪投げで私に勝ったら放棄するってことでどう？」

「輪投げ？　ガキばっかじゃんか。こんなのがやりたいのかよ」

「嫌なら別にいいけど？　私からどんな要求をされてもいいって言うなら」

「ぐっ……分かったよ。ただし俺が勝ったら、逆にその権利をもらうからな」

「望むところよ。また返り討ちにするから」

まるで幼い子供のような意地の張り合いは果たして、両者とも同点という微妙な結果で終わる。しかしどちらも高得点だったらしく、好きな飲みものと交換できる券をそれぞれ手に入れていた。

「引き分けの場合はどうなるんだよ、権利」

「もちろん現状維持、つまり私のものでしょ」

「なんだよそれ。なんの意味もない勝負だったじゃないか」

「意味はあったじゃん。こうしてタダ券もらえたし、私は防衛できたし」

「なんか釈然としねえ」

　ふて腐れたように唇を尖らせる大樹が、また晴の口元を大いに綻ばせた。

　二人は輪投げの屋台を離れ、鳥居の近くで飲みものを売っている出店へと向かう。

　この時にはすでに二人きりだったが、そのことを殊更気にかける様子はどちらにも見られず、互いに自然な表情で向き合っていた。

「聞くまでもないと思うけど、大樹はなに飲むの？」

「うーん、サイダーかな」

「やっぱり。いつもそればっかりだよね、大樹って」

「晴こそ、いつもサイダーばっかだったくせに」

「大樹に合わせてあげてたのよ。でもそこのお店、サイダーなかったと思うけどね」

「え、マジ？」

「ほら、メニューに書いてないじゃん。炭酸はコーラとラムネだけみたい」

「じゃあ、ラムネにしとくか。コーラなんて自販機でも買えるしな」

小さな出店で水色の瓶と券の交換を済ませた二人は、鳥居の傍にある長椅子で一息つくことにしたようだったが、そこまで歩く際に晴が石畳の切れ目のわずかな段差に躓《つまず》くと、大樹は慌てて晴の肩を抱いて支えた。

「あっぶね。ラムネ持ってんだからもうちょっと気をつけろよ」

「う、うるさいわね。慣れてないから歩きづらいのよ、この草履が——」

晴が面《おもて》を上げた瞬間、大樹の顔が目と鼻の先になった。

二人はハッと息を呑《の》んで目を背けたが、ほどなく晴が慌てたように腰を上げ、

「ベンチ、座ろっか」

「お、おう」

互いに同じ恥ずかしさをうつし合ったような声だった。

並んで長椅子に腰かけた時にも、二人はすぐに言葉を交わそうとしなかった。

大樹はすっかり藍色に浸かった夜空を見上げ、晴は仄《ほの》かに顔を赤くさせたまま瓶の口を開けるのに手間取っている。

「あれ？　回せない……」

「知らないのか？　口のビー玉をこうやって押し込むんだよ」

得意げな顔をすると、大樹は自分の瓶を手際よく開けてみせた。

「子供の時に、モールの中の駄菓子屋コーナーで買ってもらったことがあるんだよ。それ以来飲んでないけど」

「なんでビー玉なんて入ってるの？」

「さあな。それが栓代わりになってるみたいだけど。これが結構、固いのがあったりするんだよな」

大樹の言う通りだったらしく、晴も蓋のような部分に指を押し当てていたが、栓が固いのか中々開く気配が見られない。

「なあ、俺がやってやろうか？」

「いいっ、自分でやるから――わっ⁉」

助け船を断った瞬間、栓になっている玉が瓶の中へと沈む。

同時に、瓶の中身が口先から綿のように泡立って噴き出していた。

「あーあ。さっき躓いた時に振ってたんだな」

「呑気《のんき》なこと言ってないで、ハンカチくらい貸してよ」

「バチが当たったんだろ。サイダーの恨み、ここに晴らされたり」

「意味分かんないから。もう、半分くらい減っちゃった」

物悲しそうに晴が手巾を当て始めた瓶を、大樹が「貸してみろよ」と手に取り、

「ほら、これで同じになるだろ」

二つの瓶の口をくっつけ、中身が零れないよう器用に注いで量を均等にした。

「別に、そこまでしなくてもよかったのに」

呆れたように言いながらも、晴は大事そうに瓶を受け取った。飲み口にぽつんと取り残された一滴の雫《しずく》が、小さな真珠のようにきらりと光っている。

二人はまた言葉を交わすのをやめ、口元で瓶を傾けた。

大樹はごくごくと鳴らしながら呷《あお》り、晴はちびちびと啜《すす》るように飲んでいる。ほとんど同じ量だったはずがあっという間に差が生じ、大樹の瓶は先に空になっていた。

「やっぱ結構味が違うよな、サイダーとラムネじゃ」

「そう？　私は似てるって思うけど」

「そうかな？」

「そうだよ。なにもかも一緒ってわけにはいかないけど」

晴はふと、隣に座る大樹を見上げようとしたが、またすぐに手元の瓶に目を落とした。わずかに揺れた瓶の中で、中途半端に沈んだ水晶のような玉が急《せ》かすようにからからと鳴っている。

「確かに、似てるのかもな」

不意に、大樹がぼんやりとした声で言った。

「こうしてると、なんか昔のこと思い出すし」

「昔？」

「バスケのあと、一緒によくサイダーを飲んでただろ。晴のせいで、俺はいつもまともに飲めてなかったけど」

「なに、また恨んでるとかって話？　しつこい」

「違《ちげ》えよ。今更そんなこと……それに、晴の方が恨んでるんだろ？　俺のこと」

「え？」

「俺のせいだって言ってたじゃないか。あの日……そりゃ、俺だって色々あって焦ってたし、マジでなんか手違いとかあったのかもしれないけど、俺は本当になにも」

「いいの、もう」

許しを乞うような大樹の言葉を、晴が優しい声で遮る。

「大樹は、なにも悪くない。あの日のことは、全部私のせいだから」

「いや、全部ってことは」

「ううん、私のせい。ただ待ち続けてるだけだった、私の……誰かに手を引かれるまで、立ち止まってるだけだった私のせい。大樹は、そんな私を迎えにいこうとしてくれたの。そうじゃない？」

大樹は悔しげに押し黙り、晴から申し訳なさそうに目を逸らす。

対して、晴が浮かべた微笑みは晴れやかなものだった。

「特待、もらったんだよね。桜花から聞いた。断るつもりだってことも」

「なんだよ、急に」

「理由、訊きたかったから。せっかくあんなにバスケが上手になったのに。みんなからも認められてるのに」

「言いたくないって言ったら、どうする」

「権利の使いどころ、かな」

大樹は「はぁ」と、わざとらしく大きな溜め息をついた。

「しょうもねえ。世界一しょうもない使い方だぞ、それ」

「そもそもがしょうもない権利なんだから、この辺が妥当だと思うけど」

「桜花から聞いてるんなら、もう分かり切ってることのはずだろ」

「私は、断るつもりとしか聞いてないもん。桜花だって理由は知らないって」

「絶対嘘だ。けどまあ、晴がどうしてもって言うんなら。約束は約束だからな」

「そうだよ。それを果たすために、わざわざ戻ってきたんでしょ？」

「〜〜〜〜っ、ああもう、分かったよ！　言えばいいんだろ、言えばっ」

観念したように言うと、大樹はぴんと背筋を伸ばす。

つられて、晴も少しだけ緊張した面持ちになる。

「特待の話は、本当だよ。県外の高校で、施設とか結構よさげで、寮とかもあるとこで」

「それは、みんなからもなんとなく聞いたことなんだけど」

「いや、だから、それが理由だし」

「どういうこと？」

「だから、家から通えるようなとこじゃないんだよ」

「分かってるよ。そのための寮なんでしょ？」

「ああもう、焦《じ》れったいな。俺は県外の学校なんか行きたくないんだよ……晴と、一緒に通えないからな」

「私と？」

今度は、晴もぴんと背筋を伸ばしていた。

大樹はごくりと生唾を飲み込むと、意を決したように赤い顔を振り向かせる。

「俺、晴と同じ高校に進むつもりなんだ。

晴の傍にいて、これから先もずっと　　　　って」

「え……今、なんて？」

晴が怪訝な顔で訊ね返すと、大樹は耳まで赤くさせてたじたじになり、

「に、二度も言わせる気かよ。権利は一度きりのはずだろ」

「ごめん、ほんとに聞き取れなかったから」

「分かったよ。じゃあ、今度こそはっきり言うからな」

先ほどよりも幾分迷いの消えた眼差しに、晴はハッと息を呑む。

「俺、ほんとは、ずっと前から晴のことが――」

口早な大樹の言葉が、空から降った地響きのような音で掻《か》き消《け》される。

見上げると、深い藍染めの空に色とりどりの光の雫が蜘蛛手《くもで》に降り注ぎ、それらは次々と炸裂《さくれつ》するような音を伴いながら、瞬く間に華やいでは消えるのを繰り返していた。

「なんだ、花火か。マジびっくりした」

大樹がほっと胸を撫で下ろした頃、晴は瞳を輝かせながら立ち上がり、

「ねえ、大樹」

「え？」

「私、大樹のことが好き」

どんっと、ひときわ大きな音が空に響く。

大樹はしばらくぽかんとしていたが、やがて弾《はじ》かれたように腰を上げた。

「ちょ、なんだよ突然⁉」

「突然なんかじゃないよ。私、ずっと大樹のことが好きだったもん」

「そういうことじゃなくて、今は俺が言わなきゃいけないとこだっただろ！　せっかく、決心して」

「知ってる。ほんとはあの日、迎えにきてくれるはずだったんでしょ？　私のこと」

晴は振り向くと、戸惑うように瞳を揺らす大樹をじっと見上げた。

「大樹はもう、充分がんばったよ。いっぱい努力して、勇気を出して……私、知ってるの。私もずっと、大樹のことを見てきたから。

でも、見てるだけだった。あっという間に背も伸びて、バスケも上手になって。いつの間にか追い越されちゃってた……告白のことだってそうだよ。大樹はもう、私なんかよりずっと先を歩いてたんだよ。だから、今度は私が追いかけなきゃいけない番だったの」

華やかな光の残滓《ざんし》を瞳に閉じ込めたまま、晴は淡く微笑みかける。

「ありがとう、大樹。私のこと、好きになってくれて」

大樹は真一文字に唇を結んでいたが、やがて照れくさそうに小鼻を指で掻きながら、

「その、言い忘れてたことがあるんだけどさ」

「え？」

「今日、お祭りに来たかったのは嘘じゃないんだけど。本当は、晴の浴衣が見られるかもって、期待してたんだ」

子供のように素直な声を零され、晴は「ふふっ」と破顔する。

「なにそれ。ムード台なしなんだけど」

「な、なんでだよ。女子としては、浴衣褒められたら嬉しいもんだろ」

「褒めてないじゃん。期待してたって言っただけで」

「か、かわいいから！　すげえかわいいと思ってるから！」

「ちょ、そんな叫ばなくても」

晴が気恥ずかしげに止めようとした頃、参道の方から「晴ちゃーん」と声がかかる。

見ると、幸乃と夏蓮が晴たちのところまで歩いてきていた。

その後ろには藤、涼風、桜花の姿もある。

「や、やっぱり、三方君と一緒だったんだぁ」

「や、やっぱりってなに」

「ゲーム屋台のゾーンからいつの間にかいなくなってたから、二人してどっかでいちゃついてんじゃないかって話してたの」

夏蓮がにやにやと笑いながら補足すると、晴と大樹は揃って赤くさせた顔を背け合う。

その様を見た五人は、なにかを察したように深く頷いていた。

「でもよかった。晴もちゃんと、お祭りを楽しんでるみたいで」

「涼風まで、そんなからかわないでよ」

「ごめんなさい。でも、二人は本当にお似合いだと思うから」

晴はむず痒《がゆ》そうな顔をして、ふと桜花に目をやった。大樹とのことを一番よく知っている親友だけは、からかうのではなく心から祝福するように優しく目を細めていて、それが晴の表情を少しだけ柔らかくさせる。

けれどやがて、晴はなにか思い出したように辺りを見回すと、また顔を強張《こわば》らせた。

「ねえ、セミちゃんはどこ？　みんなと一緒じゃないの？」

「あー、そういえば見てないよな、あの子」

串に刺さったイカの姿焼きを頬張りながら藤が答える。

「金魚掬いのとこにいなかったか？　ほら、幸乃たちと一緒だったじゃん」

「途中まではいたと思うんだけど、あとで涼風ちゃんたちの方に行ってなかった？」

「いいえ、見てないわ」

幸乃の問いかけに、涼風が小さくかぶりを振る。

「涼風は射的に夢中だったからでしょう。確かにこっちにも来ていたけど、てっきりまた晴のところに行ったんだと思ったわ」

不思議そうに言う桜花を見て、晴は微かに不安げな顔になる。

「はぐれちゃったのかな。私、ちょっと捜してくるから」

「捜すって、屋台のとこにはもういなかったわよ」

「別に放っておけばいいんじゃね？　そのうち、またひょこっと顔出すでしょ」

「そんなわけにいかないわよ。大樹、これ持ってて」

どこか呑気な夏蓮と藤の言葉に言い返すと、晴は手元の瓶を大樹に押しつけ、人混みへ分け入っていく。

相変わらず盛況な参道は、花火のおかげでほとんどの者が立ち止まって空を見上げていたが、一見しただけではセミの姿は見当たらない。

結局、晴は出店の並びを抜けて拝殿へ続く短い階段の辺りまで来ていたが、セミを見出《みいだ》すことはできなかった。

「おい、待てよ晴」

追いかけてきた大樹が、立ち止まった晴に声をかける。

「急にどうしたんだよ。そんな慌てて」

「そりゃ慌てるよ。セミちゃん、困ってるかもしれないし」

「セミちゃんって、晴が連れてたあの……」

「うん。ずっと一緒にいるって約束してたのに、私が目を離しちゃってたから。どこかで遊んでくれてるならいいんだけど」

「まあ、しょうがないんじゃないか？　ずっと一緒なんて、無理な話だろ」

「え？」

どこか投げやりな大樹の言葉に、晴が目角《めかど》を立てて振り返る。

「無理ってなによ。なんで大樹がそんなこと言えるわけ？」

「はあ？　なにそんな怒ってんだよ。落ち着けって」

「だって、私はただ、セミちゃんを心配してるだけで……それに、私には分かるの。セミちゃんがまだどこかにいるって。私のこと、見てくれてるって」

「はあ？　見てるんなら、なんで出てこないんだよ」

「それは、分からないけど。でも、私――」

その時、晴の眼差しが人混みへと吸い寄せられる。

参道を行き交う人々の中に、セミが独りきりでぽつんと立っていた。

けれど、晴が声をかけるよりも早く、セミはにっこりと笑ったのち――人波に紛れるように消えてしまう。

「セミちゃん……待って、セミちゃん！」

慌てて駆け出そうとした晴だったが、また足を突っかけさせて地面に手をついた。

すぐに大樹が駆け寄って膝を折り、

「またそんな、急に走り出したりするから」

「大丈夫よ。それより今、セミちゃんが向こうの方に」

「よく分かんないけど、もう放っておいてやれよ。山に帰ったのかもしれないだろ」

「山？　なに言ってるの。セミちゃんは、私とずっと……」

なんとか立ち上がる晴だったが、擦りむいた手のひらにはわずかな血が滲《にじ》んでいる。

大樹は不思議そうに首を傾げながら、諭すような声のまま言った。

「だって、山の中で会ったんだろ?　あの子狐《こぎつね》って」

打ち上げ花火の光が、暗いあぜ道を朧《おぼろ》げに照らしている。

祭りの喧噪《けんそう》から逃げ出すように走ってきた晴の浴衣は、裾の辺りが泥だらけになっていた。何度も転倒した跡だったが、それでも晴は走るのをやめなかった。

「まさか……だって、セミちゃんは」

もう何度目か分からない躓きを繰り返しながら晴が向かった先は、セミと初めて会った山――その入り口。

背の高い杉林の道の最前、町の社のものよりも小さく古びた鳥居の前に、セミはひっそりと佇《たたず》んでいた。

「セミちゃん……なんで」

荒くなった呼吸のままではすべてを言葉にできず、苦しげに胸を押さえている晴。

対して、セミは人波の中で見せた笑みのままじっと立っている。

「ねえ、なんで?　なんで急にいなくなったりしたの?」

急《せ》くように訊ねる晴に、セミはなにも答えない。

遠花火の強い光が、暗い林の前に立つ二人を玉虫色に照らしている。

「みんなに好きになってほしかったんじゃないの？　せっかく、セミちゃんがみんなのこと、あんなに」

「全部、思い出したから」

か細いはずのセミの声が、張り詰めた夜涼《やりょう》に凛《りん》として木霊《こだま》する。

「わたしが、晴にとってどういう存在だったのか。だから、いなくならないといけない」

「私にとって？」

「晴だって、本当はもう分かってるはず。わたしのこと」

晴はぎゅっと、血と泥にまみれた手のひらを固めた。

「分からないよ。だって、私にはそう見えないんだもん。大樹やみんなが変なんだよ……私にとって、セミちゃんは」

「初めて会った時、晴はわたしを見たはずだから。あの池の前で、独りぼっちのわたしを見つけたはずだから」

「でも、今のセミちゃんは独りぼっちなんかじゃない。私やみんなと一緒にいれば、独りぼっちになんかならないんだから。一緒に帰ろうよ……ねえ、セミちゃん？」

晴が優しく微笑みかけながら手を伸ばす。

けれどセミは、小さくかぶりを振って、

「もう、充分だから。晴と一緒にいられて楽しかった。これ以上はもう、贅沢《ぜいたく》だから」

「贅沢なんかじゃないよ。これが当たり前なんだから。私たちは、誰かに好きになってもらわなきゃ生きていけないんだよ……そんなこと、セミちゃんが一番よく分かってることじゃないの？」

「違う。分かってるのは、晴の方」

「私……？」

「晴はまた、好きになってもらえる。晴も、きっとまた好きになれる。みんなのこと」

晴は呆然《ぼうぜん》とし、すべてを悟ったような眼差しを向けるセミの前に立ち尽くしていた。

「だから、お別れ。わたしは鬼だから。悪い鬼だから……晴に捕まったら、ダメだから」

「なに言ってるの？　悪い鬼って、どういうこと？」

「初めて遊んだ時、言った。『おにごと』のこと」

――『みんなで鬼を追いかける。そういう遊び』

――『鬼は、追いかけられる方』

「晴にとって、わたしはよくない存在。ずっと一緒にいても、不幸にさせるだけ。全部、わたしのわがままだったから」

「分からないよ。セミちゃんがなにを言いたいのか」

「もうすぐ、晴も思い出せる。なにもかも……それは晴にとって、凄《すご》く辛いこと。わたしのわがままの中で、晴がずっと目を背け続けてきたこと。忘れたふりをしていること」

「忘れた、ふり？」

「思い出して、晴。どうして晴が、この町に来たのか」

「どうしてって。ただ、夏休みだから。おばあちゃんの家に、遊びに」

「晴は、毎年遊びに来てた？　おばあちゃんの家」

「……ううん。たぶん、凄く久しぶりで」

「じゃあ、どうして今年は来たの？」

晴はハッと黙り込む。薄い唇が微かに震え始めていた。

「あの日、わたしと初めて会った日。この山に登ってきたのは、どうして？」


——『健康祈願にいいと思ったんだけどね』

「それは、おばあちゃんに勧められて……兄さんと、健康祈願にって」

「どうして、そんなことを勧められたの？」

「どう、して……？」

「バスケの、最後の大会に出られなかったから？　晴が、事故に遭ったから？」

――『大事な大会の前にね、友達と遊びに行く途中で事故に遭っちゃってさ』

――『私の不注意で、最後の大会にも出られなくなって』

「大事な大会って、晴が言ってた最後の大会のこと？」

「……違う。私たちが、新チームになって初めての県大会。新人戦のことだったから――

まだ、二年の冬だったから」

きっと、晴も理解し始めていた。

セミが自分に、なにを思い出させようとしているのか。

「晴が事故に遭ったのは、冬。その事故のせいで、晴は最後の大会に出られなかった……

夏にあるはずの、最後の大会に」

「それは、だって――」

一歩踏み出しかけた晴だったが――その左脚が音もなく消えると、浴衣に包まれた体は
どさりと、鈍い音と共に倒れ込む。

それでも、セミが歩み寄ってくることはなかった。

「やっと、思い出せたね」

夕空のような色の瞳を光らせながら、ただ悲しげに微笑んでいた。

「でも、今の晴なら大丈夫。これから先、どんなことがあっても。きっと、明日からも、生きていけるはずだから」

セミが細い踵を返す。口元が『さよなら』と、小さく動く。

「セミちゃん、待って……っ」

鳥居の向こう側へ駆けていくセミを、晴は追いかけることができなかった。力なく地に伏し、両の拳をぎゅっと握り込んでいた。

――ずっと目を背け続けてきた、現実の正体。

ようやく、晴の体にも表れる。

本当の意味で、晴が立ち上がるために。

また自らの足で、前へ進むために。

「お願い……まだ、行かないで」

花火の音がやむ。夜が静けさを取り戻す。

起き上がることさえままならないまま、それでも晴は、遠ざかっていくセミを見つめていた。

震える右脚と、泥だらけになった両手を地に這《は》わせながら。

もがくように、前に進もうとしていた――。

『最近、リハビリ行けてないんだってな』

大樹の声が、細波の音のように木霊する。

それはきっと、晴の脳裏に浮かんだ記憶の欠片《かけら》。

『どうしたんだよ。ようやく義足にも慣れてきたところなんだろ？　お医者さんも、順調だって言ってたって』

温かな励ましの声に、どうしてか鋭い痛みを覚える。

大樹の声と表情が、どこか義務的な慰めのように感じられてしまう——晴自身が、かつてそう感じていたように。

——順調だから、なんだって言うの？

——足が一つ、なくなったんだよ？

——もう二度と戻らない……最後の大会にだって出られないのに。

——自分のものじゃない足で歩けるようになったって、なんの意味もない。

——誰のせいで、こんな風になったと思ってるの。

痛切な晴の声が、大樹の顔を悲しげに歪《ゆが》ませる。

『あの日、ほんとは……晴に言おうと思ってたことがあったんだ』

それでも、大樹は言葉にするのをやめない。

義務的な慰めを露わにしたまま、一方的に想《おも》いを告げようとしてくる。

現実から目を背け続けている晴に、届くことを信じて。

『大会のあとに、高校の先生から特待の誘いがあって……県外の私立なんだけどさ、いくらなんでも気が早いよな。まだ二年の冬なのに、高校の話とか』

晴はなにも答えない。

瞳の奥に溜め込んだ熱を堪《こら》えるように、ただ黙り込んでいる。

『でも俺、たぶん断ると思うんだ。特待の話は、そりゃ嬉しかったけどさ。やっぱり俺、晴と同じ高校に行きたいって思ってたから。そんな話とか、まあ色々さ……。今だって、その気持ちは変わってない。いや、前よりもっと強くなったと思ってる――晴の傍にいて、これから先もずっと支えてやりたいって』

――やめて！

晴が拒絶すると、大樹の姿が瞬く間に消えていく。

振り払うように何度も頭を振ったのち、浮かび上がるのはまた別の光景だった。

『……大樹、凄く落ち込んでいたわ。また晴を傷つけたって。晴のこと、どんな風に励ましてやればいいのか分からないって』

穏やかに諭すのは、桜花の声。

晴と大樹が衝突した時、宥《なだ》めていたのはいつも彼女だった。

『あたしから、どうしても言わせてほしいことがあるの。大樹はなにも悪くないこと。それとあの日、大樹が晴に告白しようとしていたことも』

きっとこの時も、晴たちの間を取り持とうとしたのだろう。

彼女らしい、賢いやり方で。

『大樹が待ち合わせ場所を変えるなんて言い出したこと……そのせいで、晴が事故に遭ったことも。全部、あたしのせいだったって。それだけは、どうしても伝えたくて』

けれどこの時ばかりは、桜花の優しさが余計に晴の心を辛くさせた。

本当は誰が悪いのか。あるいは、誰も悪くなどなかったのか。

堂々巡りの問いかけを繰り返しても、現実はなにも変わらない。

――やめて……それ以上、なにも言わないで。

『部活は、やめるよ』

今までの誰とも違う、力強い響きを持った声は、晃のものだった。

『監督にも話は通してる。チームの仲間にも。後悔はないよ、晴のためになるなら』

しかしそれは、晴に向けられた声ではない。

――兄さん？

――お母さんと、なに話してるの……？

か細い晴の声は、晃たちのいる部屋までは届かなかった。

『ばあちゃんのところで面倒見てもらうのは、いいことだと思う。あっちは空気も綺麗で気分も晴れやすいだろうし、リフォームのおかげでバリアフリーも進んでるしさ。この家よりも平屋の分、義足を着けたがらない晴も過ごしやすいはずだから。

でも、やっぱり俺もついていくべきだと思うんだ。ばあちゃんも足が悪いし、じいちゃんも病院の送り迎えとかで忙しいだろうから。晴も俺が一緒の方が、気兼ねしなくて済むだろ』

――なんで、兄さんまで、そんなこと……。

『俺のことなんか、晴は気にしないさ。あんまし好かれてない兄だしな。受験勉強に専念するってことにしとくよ。元々、バスケで大学行く気はなかったから』

――私が兄さんのことを気にしない？　受験勉強？

――ふざけんな。誰が兄さんと一緒になんて行くもんか。

――そんなこと、私は望んでない。

――兄さんにまでバスケをやめさせるなんて、私は……！

自分自身を奮い立たせるように晴は叫び、晃のもとへ向かおうとする。

けれど上手く立てず、その場に倒れ込んでしまう。部屋の向こう側で響いていた声が不自然にやむ。

立ち上がろうともがいていたその時――声がした。

「しっかりしろ、晴」


冷たい色をした地面に横たわったまま、晴は浅い夢を見ていた。

いや、本当はどちらが夢で、どちらが現《うつつ》か――もう分からない彼女ではないだろう。

ゆえに晴は、這い上がろうとしている。

顔を上げ、両肘を立て、もがくように右足を動かしながら。

「セミちゃん……ッ」

すっかり泥だらけの浴衣姿で立ち上がるも、踏み出す足がなくまたその場に倒れ込む。

大粒の涙で頬を濡らしながら、地面を這うように進み始めたその時、声がした。

「しっかりしろ、晴」

いつの間にか傍にいた兄の姿を見ても、晴が驚いた様子はない。

なぜ晃がここにいるのか。晴はそのわけを訊ねず、晃を一瞥《いちべつ》することとさえない。

ただ一心不乱に、前へ進もうとしている。

「大丈夫だ。兄ちゃんが負ぶってやるからな」

「いいっ……私、自分で歩けるから」

「そうか？　なら、まずは立ち上がろう。ゆっくりな」

自身の左肩を晴の手で摑ませ、晴の体を恐る恐る引き上げる晃。晴は苦しげな呻き声を零しながらもなんとかまた立ち上がり、地面を蹴って前へ進もうとする。

けれどすぐに体勢を崩しかけたため、晃が駆け寄って晴の体を支えた。

「歩くなら、俺も手伝う。俺が晴の足になってやる」

「私、行かなくちゃならないの。セミちゃんのところに」

「分かってるさ。ほら、せーので一緒に歩くんだ。行くぞ」

晃は中腰になって晴と肩を組むと、そのまま一体となって歩き始める。

「……なんで」

「ん？」

「なんで、今更こんな……私のことなんか、気にしたことなかったくせに」

決して滑らかとは言えない二人の足取りは、鳥居をくぐって山道に差しかかるとますます遅々とした歩みに変わる。

それでも晴は俯くことなく、歯を食いしばった様子で右脚を動かす。

「部活やめて、受験勉強なんて嘘ついて。本当は部活、続けたかったんでしょ？　昔みたいに放っておけばよかったのに。なんで、私なんかのために――」

「似た者同士なんだよ、俺たちは」

きっぱりとした迷いのない声で、晃は答えた。

「俺はただ、晴がバスケやりたいって言ってくれるのを、ずっと待ってるだけだった」

杉林の隙間から零れる月明かりが、晃のこめかみに伝う玉の汗と、懐かしむような笑みを照らしていた。

「晴だって、同じだったんじゃないか？　誰かに手を引いてもらうのを待っていただけ。それじゃダメだって気づけたからこそ、こうして歩いてるんじゃないのか？」

「……同じなんかじゃない。私のせいで、兄さんは不幸になろうとしてる。そんなこと、兄さんにとってなんの意味もないのに」

「意味がないなんてことはないさ。晴が大樹君たちを許したように、俺だって許してもらいたいんだから」

「兄さんが？」

「いや、違うな。俺はいつか、晴とバスケがしてみたいんだ。晴が、大樹君たちと一緒にバスケを始めたって聞いた日から、本当は……俺にはついてきてくれなかったくせにって意地になって、ずっと言えずにいたけどな」

少しだけ面映《おもは》ゆげな笑みが、晃の頬に浮かんでいた。

「晴がバスケできなくなるかもしれないって考えた時、気づいたんだよ。たぶん俺って、晴がいたからがんばってこられたんだって。兄としても、選手としても、晴から憧れられるような奴になりたい。そしたら、一緒にバスケしたいって言ってくれるかもって」

「……ほんと、バカ」

　普段と変わらないような声で言いながら、晴も密《ひそ》かに口元を綻ばせる。

「憧れるなんて、バカじゃないの。今更、兄らしいことしようとしないでよ……ちょっとふらついたのを支えたからって、助けた気にならないでよ……布団なんか畳まなくたって、着替えを手伝おうとしなくたっていい。私の分までご飯の用意してくれなくたって、私の代わりにボールを探してくれなくたって……私のこと、無理に背負おうとしなくたって、よかったのに」

「いいんだよ。どうしても、晴に立ち直ってほしかったから。塞ぎ込んだ晴のままじゃ、バスケには誘えないからな」

　山道はようやく一つ目の曲がり角を過ぎたところだった。中腰のまま晴を支えて歩く晃は少しずつ呼吸を荒くさせていたが、気遣うような笑みを崩すことはしなかった。

「俺が晴を背負うことは、不幸なんかじゃない。ようやく兄らしいことができるんだ。それだけで充分なんだ。本当は晴も分かってるんだろ？　それがあの子への答えだって」

「答え？」

「ああ。晴はなんで、この山を登ろうとしたんだ。もうあの子の正体にも気がついているんだろ？　いや、あの子だけじゃない――この一週間、今までの時間が、晴にとってどんなものだったのかを」

晃の歩みに合わせて右膝をゆっくり曲げ、晴は一歩ずつ着実に道を踏み締める。

「……分かってる。セミちゃんのわがままなんかじゃない。全部、私のための時間、都合のいい世界なんだって。昔みたいに駆け回って、またみんなとバスケをして、大樹や桜花とも仲直りできた、そんな夢みたいな世界だって。

だから、伝えなきゃいけないの。夢みたいに終わってしまう前に。このまま忘れてしまわないように――セミちゃんのおかげだって。悪い夢なんかじゃない、セミちゃんが夢を見させてくれたから、また歩きたいって……そう思えるようになれたんだって！」

気を吐くような叫びが、静けさで満ちた山の中に木霊する。

その声に呼応するかのような一陣の風が、二人の背後から強く吹きつけた。

「あっ――」

風に背を押された晴は晃の腕から離れたが、今度は倒れ込んだりはしなかった。

自身の右足と、蛍火のような淡い光を放つ左足を地につけ、しっかりと立っていた。

「……そうか。もう自分の足で歩けたんだな、晴も」

心から嬉しそうに呟いた晃に、晴は「ううん」とかぶりを振る。

「自分の足じゃないよ。私、色んな人たちに支えられて」

「分かってるさ。でも、全部引っくるめて、今の晴の足なんだ」

ほがらかに笑ってみせると、晃は妹の背をやんわりと押してやり、

「行ってこい、晴。行って、ちゃんと伝えてこい」

「うんっ」

晴は力強く頷き、傾斜のある山道を自らの足で走り始める。

けれど、二つ目の曲がり角に差しかかったところで、ためらうように後ろを振り返ったが、もう晃の姿は見えなくなっていた。

闇のように暗い色に染まっていく道を見据えたまま、晴は微笑みかける。

「ありがとう、兄さん」

涙を振り払うように勢いよく振り向くと、再び山道を駆け上がり始めた。右足の白い足袋には泥と血の色が混じり合って滲み、小石を踏む度に晴は顔を引きつらせる。

それでも晴は走り続けた。広がった裾から膝小僧が突き出るほど腿《もも》を上げ、傾斜のある山道をぐんぐんと駆け上がっていく。今や晴の進む道だけが月の光に照らされ、背後はすべて真っ黒な夜の闇に沈んでいた。

懸命な走りは果たして、晴にとって最後の奇跡を実らせる。

「セミちゃん――！」

林を抜けた先、円《まる》い池の前にセミはしゃがみ込んでいた。

華奢な身は玉のように光り輝き、闇夜の中に小さな朝があるかのように明るい。

「……なんで」

晴に背を向けたまま、セミが訊ねる。

「なんで、追いかけてきたの。わたしと一緒にいても、幸せになれないのに。不幸になるだけなのに」

涙交じりの掠《かす》れた声に、晴は呼吸を整えながら口元を綻ばせ、

「同じようなこと、私も考えてたから。セミちゃんと出会うまでは」

ゆっくりと前に歩み出し、セミのすぐ真後ろに立つ。

池の水面には、少女の形とはまるで違う子狐の影がくっきりと浮かび、二つに分かれた尾の影が波打つように揺らめいている。

「初めて会った時も、そうやってしゃがみ込んでたよね。私が声をかけようか迷ってたら池の中に落ちて……でも、死にたがってたのはセミちゃんじゃなくて、私の方だったんだよね。だから私は、セミちゃんの背中を追いかけようとした」

「わたしは、そういうものだから。晴と一緒にいたかったから。ずっと、いつまでも一緒に、遊んでいたかったから」

「そっか……セミちゃんは、私に追いかけてほしかったんだ」

「でも、それが晴を不幸にさせた。わたしは、悪いものだから。鬼みたいなものだから」

しゃがんでいたセミの背が、暗闇を怖がる幼子《おさなご》のように、小さく震え始める。

「晴はもう、わたしと一緒じゃなくていい。一緒じゃない方がいい。ちゃんと前を向いて歩いていけるから。だから――」

「だからこそ、私はセミちゃんを追いかけてきたんだよ」

晴は膝をつくと、セミの体を包み込むように抱き締めた。

「やっと、捕まえた。初めて会った日は、捕まえられなかったから……これで私の勝ち、だよね」

「なん、で……」

「私もね、セミちゃん。誰かを不幸にさせるだけだって思ってたから。だからもう、誰も私のことなんか好きにならなくていいって、そう思ってたから……でも、そうじゃないって言ってくれた人がいたの。不幸なんかじゃないって、思わせてくれた人たちがいたの。だから私も、セミちゃんに伝えたいの。お別れしなきゃって分かってても――ううん、お別れだからこそ、言わなきゃいけないんだと思うの。友達って、そういうものだから」

「友達……晴と、友達」

「そうだよ。かけがえのない、大好きな友達」

晴は一度離れると、髪に結んでいた紅紐をほどき、セミの髪に結んだ。

「これが、友達の証《あかし》。本当に仲のいい友達には、プレゼントを贈るものだから」

「わたし、なにも持ってない。晴にあげられるもの、なにも」

「そんなことない。セミちゃんからはもう、たくさんのものをもらったから」

「たくさん？」

「うん。一生忘れられない一週間。それが、私にとってのプレゼント」

華奢な背中をそっと、晴の腕が優しく包み込む。

濡れたセミの頬に、涙まみれの笑顔が微かに映っていた。

「一緒にいてくれて、ありがとう。セミちゃんのおかげで、前を向いて歩けるようになったから」

「うん。うんっ」

晴の腕にそっと手を載せると、セミは涙交じりの声で言いながら大きく頷いた。

「晴も、ありがとう。友達になってくれて。好きになってくれて」

「うん。大好きだよ、セミちゃん」

「わたしも、大好き。晴のこと——大好きっ」

輪郭のはっきりとした声で伝えると、セミの体が力を失ったように、前のめりに倒れていく。晴も抗《あらが》うことはせず、腕に載っていたセミの手をぎゅっと握り締めた。

まもなく、朝日のような眩《まばゆ》い光に包まれた二人の体が、池の中に音もなく沈んでいく。

鏡のように澄み切った水面に大きな波紋が打たれ、夢のような夜を照らしていた月が、永久にその瞳を閉ざす——暁に昇る陽の光で、誰もが目を覚ます朝を迎えられるように。

照明の光が、潮水《しおみず》みたく目に染みる。

覚えのある痛みだった。光に慣れてくると天井の模様が鮮明になって、消毒液の微《かす》かな
アルコールの匂いで、どこにいるのかようやく気がつく。

「びょう、いん……――」

自分のものとは思えないほど、ひどく掠《かす》れた声。

その瞬間、視界に取り乱したような兄さんの顔が入り込んでくる。

「晴《そら》？　起きたのか？」

私は、なにも答えられなかった。

上手《うま》く声が出せないから――それも理由の一つだったけど、たぶん私は、ちょっとだけ
気おくれしたのだと思う。

私の目を見つめて、ぼろぼろと泣きながら笑う兄さんの表情を見て。

「そうだ、ナースコール……大丈夫だ、すぐに看護師の人が来てくれる。ここは病院だ。

今は、ベッドの上だ。分かるか？」

当たり前のことを、まるで貴重品みたいに。

分からないわけがない。病院なんてどこも同じだから。

兄さんなんかに、言われなくたって。

「もしかしたら、もう二度と目を覚まさないんじゃないかって、俺……」

心から安堵《あんど》したように目を細めると、熱い雫《しずく》が私の頬にまで降ってくる。

こんなに分かりやすく涙を流す兄さんは初めて見た。夢の中で、私がどれだけひどい言葉をかけたって、なんでもないような顔をしていたくせに。

——夢の中？

そっか。やっぱり、現実じゃなかったんだ。失《な》くした左足の感覚がそう主張している。

でも、なにも忘れてなんかない。

私は確かに覚えている。

セミちゃんのこと——自分の足で立って、歩こうとした時間のことを。

だけど、なにもかも夢だったとしたら。

セミちゃんはどこへ行ってしまったんだろう。

いや、そもそもどうして、あんな夢を見ていたんだろう。

それに、どうして兄さんは、こんなにも嬉《うれ》しそうに泣いているんだろう。

「……にい、さん」

どうしても、言わなくちゃいけない言葉があった。

夢の中で伝えようとして、間に合わなかった言葉。

たった一言だけ、『ありがとう』って。

もう、ちゃんと言えるようになったはずなのに、まだ息が詰まりそうになる。

私が必死に呼びかけようとすると、兄さんは気遣うように首を横に振った。

「無理するな。声出すのも辛《つら》いだろ——なにせ、一週間ぶりに目を覚ましたんだから」


私が入院していたのは、おばあちゃんも通院している総合病院だった。

わざわざ個室に入れられているのは、両親が気を遣って手配してくれたのか、大部屋が満室だったからなのかは分からない。

どっちにしても、個室じゃなかったら今日みたいな時間は過ごせなかった気がする。

「……よお」

目が覚めてから一週間ほどが経《た》った日の昼過ぎ、病室を訪れたのは大樹《たいき》だった。半年くらい前までは日常的だったはずの光景も、この日ばかりは驚かずにいられなかった。

「た、大樹？　なんでここに」

「見舞いに決まってるだろ。病室まで来たんだから」

相変わらずぶっきらぼうな声を聞いて、私は思わず噴き出してしまう。

「なんか、ちょっと前にも似たような会話した気がする」

「ちょっと前？　いつの話だよ。ずっと眠ってたくせに」

「あー、うん。こっちの話。っていうか、夢の話？」

あ、やばい。余計なこと言ったかも。

「なんだよそれ。俺が夢に出てきたのか？」

「え？　いや、別になんでもなかったから！　ほんと、なにも！」

「はあ？　なに急に焦ってんだよ」

「焦ってないし。大樹が、変な風に言うから」

「先におかしなこと言ったのは晴の方だろ……でも、思ったより元気そうだな。一週間も意識不明だったたって聞いてたけど」

大樹の言う通り、私は一週間も眠っていたらしい。

兄さんと山を登ったあの日――独りになった私は、なぜかびしょ濡《ぬ》れの状態で池の前で倒れていた。その時にはもう意識がなくて、神社跡から戻ってきた兄さんに担がれて山を下りたらしい。

意識を失ったのは、たぶん池で溺れていたせいだと聞かされた。

けれど分からないことも多い。仮に溺れたのだとしたら、どうして池の前に倒れていたのか。どうして一週間も意識が戻らなかったのか。眠っている間は高熱もあったらしく、あと一日でも目を覚ますのが遅かったら危険だったと医師は話していた。

でも結局、私は生きている。

体調はこれといった問題もなく、すぐにでも退院したいくらいだった。まだ検査が必要とか要経過観察状態とかで、大人しくしているよう言われているけれど。

「意識不明っていうか、本当に眠ってただけみたいだから。私もよく分かんないけど」

「そういうもんなのか」

「うん。だからもう、大丈夫」

「そうか。大丈夫か」

それからお互い言葉が出てこなくなって、気づまりな静けさが生まれていく。

思えば、現実で大樹と会うのは、病室で突き放した時以来。

夢の中でも、目の前に現れた時は凄《すご》く驚いたけど、もっと自然に話ができていた気がする。バスケのおかげかもしれないけど、今はまともに目を合わせるのも辛い。

それでも――決めたんだから。

待たないって。立ち止まらないんだって。

今度こそ、自分からって。

「「あの時は、ごめん!」」

意を決して放った言葉が偶然にも、大樹の声とぴったり重なった。

「ちょ、なんで晴まで謝るんだよ」

「大樹こそ、あの時って」

「いや、だから、前に病室で言ったこと。無神経だったかなって……リハビリ上手くいってなくて辛かった時に、いきなり高校の話とかし始めてさ。しかも支えてやりたいとかなんとか。俺なんかにできることなんて、たかが知れてるのに」

しおらしく話し始めた大樹を見て、私は思わず噴き出してしまう。

「ふふっ、なんか大樹らしくない」

「な、なんだよ。笑うとこじゃないだろ」

「ごめんごめん。全然分かってなかったから、むしろおかしくって」

「いや、それで笑うのもよく分からないんだけど。どう謝ったらいいんだよ」

「大樹が謝る必要なんかないんだよ。謝らなきゃいけないとしたら、私の方だから」

「怒らせたのは俺の方だろ。俺は別に怒ったわけじゃないし、謝られることなんか」

「ううん、あるよ……だって、本当は嬉しかったから。大樹が、私と同じ高校に行きたいって言ってくれたこと」

言いながら照れくさくなって、私は少しだけ俯《うつむ》く。

それでも、ちゃんと言葉にしなくちゃと、声を振り絞る。

「でも、あの時は素直に受け止められなかった。リハビリでようやく歩き始めて、たった一歩踏み出すだけの苦労に堪え切れなくて。前向きに考えることができないでいたから」

「だから、晴がそういう気持ちだってことも考えずに、俺があんなこと言ったから」

「関係ないよ。私が勝手に塞ぎ込んでただけだから……大樹だって、私を励まそうとして言ってくれたことなんでしょ？　やっぱり、大樹は悪くない」

「〜〜っ、そういう風に言われると調子狂うっていうか。これで許されるんなら、今の今まで考え続けてた俺はなんだったんだよ」

悶《もだ》えるように頭を掻《か》く姿が、また私を笑顔にさせた。

「大樹はもう、充分がんばったんだよ。だから今度は、私の番ってだけで……って、これも
「言った？　誰に」

「大樹にだけど……ううん、なんでもない。ほんとはもっと、言わなきゃいけないことがたくさんあったはずなんだけど。今はまだ、上手く言えない気がする。

だから、とりあえずまたがんばってみる。今度こそちゃんと、自分の力で歩けるように」

ようやく、ちゃんと言葉にできた。

季節の変わるほどの時間がかかってしまったけれど——それでも、伝えることができた。

大樹もやっと、安堵したように笑って、

「いい目標だな。とりあえず、ってとこが晴らしいけど」

「目標っていうか、そこは最低限だから。じゃないと色々不便なままだし」

「なんだよそれ。なんか別に目標でもあるのか？」

「うーん……せっかくだし、またバスケでもしようかな。で、大樹に一対一で勝つとか」

「いや、それはさすがに」

「ううん、絶対勝つから。義足だろうと車椅子だろうと、大樹には絶対にね」

きっぱりと宣言しておく。

大樹はしばらく困った顔をしていたけど、やがて根負けしたように苦笑した。

「分かったよ。じゃあ、しばらくは俺が晴の目標ってことだな」

「なにそれ、偉そうに。別に一対一しようって考えてる相手は大樹だけじゃないから」

「え？　桜花《さくら》のことか？」

「さあね……あ」

不意に出てきたその名前で、私は大切なことを思い出す。

「そういえば、今日って大樹だけ？」

「そうだけど、なんで？」

「ううん、別に」

上手く取り繕えたつもりだったけど、大樹はすぐに「ああ」と勘づいたみたいで、

「あっちは俺ら男バスと違って、まだ夏が終わってないからな」

「え？　どういうこと」

「ああ、知らなくても無理ないか。ちょうど晴が眠ってる間のことだったし」

ポケットからスマホを取り出し、私に差し出してくる。

「女バス、県大会優勝したんだよ。桜花のスリーポイントシュートで」

「桜花が、スリーポイント？　でも、桜花は外からのシュートが苦手で」

「確かに晴ほど勘のいい奴《やつ》じゃないのは確かだったな。でも、俺も上手く言えないけど、証明したかったんじゃないかな。晴と同じバスケをすることで、晴がいてくれたからここまで来られたんだって」

「私と、同じバスケ……」

「ほらこれ、決勝でのラストプレイ」

スマホで再生された映像は、あまりに劇的な瞬間だった。

残り時間はあと数秒。二点ビハインドの場面。

スリーポイントライン上から中へドライブを仕掛けようとした桜花は、相手が反応をしたのを見てすぐに動きを止める。

瞬間、右足で力強くコートを蹴ってあとずさり、その勢いのまま体を後ろに倒し始めた。

「あっ――」

私の脳裏に、一つの光景が鮮やかに蘇《よみがえ》る。

――『綺麗《きれい》なフォームじゃなくていい。とにかく届かせるの。子供の時みたいに』

後ろに大きく倒れ込みながら放った、桜花のシュート。

見ていた誰もが、苦し紛れのシュートだと思ったかもしれない。

でも、私の中には、確かなイメージがあった。

不格好に放たれたそのボールが描く、綺麗な放物線、その行方を。

――ボールが鋭くゴールを射貫《いぬ》いた瞬間、画面の向こう側でどっと歓声が沸き起こる。

藤《ふじ》も、涼風《すずか》も、夏蓮《かれん》も、幸乃《ゆきの》も、ベンチにいた全員も、シュートを決めた桜花のもとへ駆けていく。

ほとんど放心状態で見つめていた私が涙を堪《こら》え切れなくなったのは、床に倒れ込んでいた桜花が、みんなの手を借りて立ち上がった時。

後輩の子から手渡された『5番』のユニフォームを掲げているのを見た時、目の奥から確かな熱が静かに溢《あふ》れ出《だ》していた。

「……ったく、大袈裟《おおげさ》だよな。ワールドカップじゃあるまいし」

からかうように言いながら、大樹がハンカチを差し出してくる。

そんな大樹の目も、少しだけ潤んでいることに私は気づいていた。

「桜花はさ、晴にずっと謝りたいって思ってたらしいんだ。あの日のこと」

「……大樹も、聞いたんだ」

「おかしな奴だよな。あいつはなにも悪くないのに、全部自分のせいなんて思うとか」

「桜花は、賢いから。私たちのために、あんな風に言ったんだと思う。いつもそうしてくれてたみたいに」

「ああ、分かってる」

「え？」

「あいつ、そういうところあるよな。俺はずっと強がってたけど、ほんとは気づいてたんだ。やっぱり、あいつの方が姉ちゃんなんだろなって。悔しいけどさ」

どこか寂しげな声とは裏腹に、大樹の表情はとても晴れやかに映った。

「……私、桜花に謝らなきゃ」

「はあ？　そこは『ありがとう』だろ、普通」

「そっか。その方が、いいよね」

「当たり前だ。みんな、お前に会いたがってるんだから」

「うん……私も、早くみんなに会いたい。会って、ちゃんと自分の口から伝えたい」

画面の向こう側では、桜花が涙まみれの顔をくしゃくしゃにさせている。

5
4

きっと、今の自分と同じ笑顔だと、私は思った。

序　からのこえ

日が傾き始めた頃、室内には山吹色の光が暖簾《のれん》のように差し込んでいる。
大樹《たいき》は明日も来ると晴《そら》に話していた。桜花《さくら》たちの試合を一緒に観《み》よう――そんな約束を言い置いて。

一人になった晴は寝台に座したまま、本を紐解《ひもと》くなどして穏やかな時間を過ごしていた。
夕方になると退屈さが勝ったかうつらうつらと船を漕《こ》いでいたが、見舞いに訪れたハルが扉を開けた音で、ハッと目を覚ました。

「おばあちゃん……わざわざ来てくれたの？」

「なに、おらも診察の帰りだべ。もうすぐじいちゃんが迎えに来っから、それまでな」

杖《つえ》をつきながら歩き、寝台近くの椅子にゆっくりと腰かけるハル。晴はどこか申し訳なさそうな眼差《まなざ》しを向けた。

「ごめんね、おばあちゃん。私のために」

「そんな顔しなくていいんだよ。おらも少しは歩いた方がいいし、晴がこうなったのも、おらのせいだから」

「おばあちゃんの？　なんで？」

「覚えてないかい。おらが頼み事したから、晴と晃《あきら》があの山に登ったんだべ」

「頼み事……そういえば、昔の神社が残ってるんだよね。おばあちゃんがお参りに行ってたっていう」

「ああ。今は町の中に移って、山の中には小さな祠《ほこら》しか残ってねえけど。祠はまだ無事だったかね」

「どうだろ。私は最後まで登らずに、あの池に落ちたみたいだから」

しおらしく言いながら、晴は顔を俯《うつむ》かせる。

「ねえ、おばあちゃん。私って、本当に一週間も眠ってたんだよね？」

「うん？　そうだべ。ちょうど一週間」

「私、今でも信じられなくて。だって、記憶があるの。一週間分の、この町で過ごしたはずの記憶が……夢だったたって分かってるんだけど、普通の夢とは違ってて」

切実な晴の言葉に、ハルは優しく細めていた目をわずかに見開かせる。

「それは、お医者さんにも話したのかい？」

「ううん。どう言えばいいのか分からなかったから……ただ、今でもはっきり覚えてる。あの山の中で、私と同い年くらいの女の子と出会って、その子と一緒に池の中に落ちて。なにもかも、そこから始まった気がするの。

夢だって思うのはね、私の左足がちゃんとあったからなの。初めはどうしてか気がつかなくて、昔みたいに走り回れて。みんなと一緒にバスケをしたり、桜花や大樹とも仲直りできたり。なにもかもが都合のいい、夢みたいな時間だった。ずっとそのままいられたらいいのにって思うくらいに」

少しずつ、熱を帯びていくような晴の声に、ハルは不思議そうな顔をすることもなく、ただ静かに耳を傾けている。

「もし私がそう願っていたら、ずっとあの夢の中にいられたのかもしれないって思うの。私は足を失っていなくて、みんなとも、今までみたいにバスケができて……大切な友達とも、離れればなれにならずに済んだんじゃないかって。本当は、目を覚まさない方がよかったのかなって」

「今も、そう思ってるのかい？」

「分からない。もしも私が、自分の意志で目を覚ましたんだとしたら、変われるような気がしたからだと思うの。でも、結局私は変われてなくて……桜花にも大樹にも、まだちゃんと気持ちを伝えられてないし、兄さんにだって、『ありがとう』って言えてないから。やっぱり、夢みたいに都合よくはいかないんだなって」

「そりゃあそうだべ。いきなり変われたら苦労はねえ。おらだって、晴と一緒だった」

「一緒？」

「おらも昔、あの池に落ちたことがあるから。死のうって思ってな」

普段と変わらない穏やかな声だったが、それは確かに晴の表情をハッとさせた。

「死のうって、なんで」

「おらにはな、晴の父ちゃんを産む前にも子供がいたんだべ……産んであげられなかったけどね」

その話を、ハルが自らの口から語るのは珍しいことだった。

晴も覚えがなかったのか、驚きに目を見開かせる。

「おらとじいちゃんにとっては、初めての子供だったけど……おらのせいだ」

「おばあちゃんの、せい？」

「ちょうど、重い病気になっちまったからね。諦めるしかないって言われて。あの時は、目の前がなんもかんも真っ暗になるくらい、辛《つら》かったべ」

ハルは大きく表情を変えたわけではなかった。けれどその言葉の節々から、悲しみに暮れていた彼女の気持ちがありありと思い起こされる。

晴も感じるところがあったのか、どうにも居たたまれない顔でハルを見つめていた。

「それが、私の伯母さんだったんだ」

「そうだべ。晴には一回だけ、話したことがあったっけな」

「え、いつ？」

「晴がまだ小さかった頃な、晃と一緒におらの家まで来た時……そう、夏越祭《なごしさい》の話をした時だね。もしその子が生きていたら、こんな浴衣《ゆかた》を作ってあげたかったたって話をしたべ」

「浴衣……それってもしかして、紫っぽい色の？　水色の、蝶《ちょう》の柄が入ってた」

「ああ、よく覚えてたね。おらも今じゃこんなだけど、昔は針子をやってたから。祭りの浴衣も、嫁入りの時の着物も、おらが全部縫うって張り切ってたんだけどね」

「おばあちゃんの話を覚えてたからじゃないの。私、その浴衣を夢の中で着たから。私の伯母さんのものだったたって、夢の中のおばあちゃんは言ってて」

「そうかい。それは、見てみたかったたね。晴の浴衣姿も」

　晴は少しだけ、驚いたようにハルを見た。

「信じるの？　私がそんな夢を見ていたなんて」

「ああ。おらもあの池に落っこちた時、へんてこな夢を見たからね。それはあの山にいた神様の仕業だべ」

「神様？　それって、おばあちゃんがいつも言ってる神様のこと？」

「そう。不思議な夢を見せる神様――いいや、元々は神様じゃなく、災いをもたらす妖怪だって恐れられていた。その御霊《みたま》を鎮めるために神社が建てられ、祀《まつ》られた。そういう神様でね。

　それはそれは美しい女の姿をした妖怪で、もう千年くらい昔々に、当時の法皇様に気に入られて、女官として仕え始めたんだ。とても博識で、聡明《そうめい》でね。偉《えれ》えお坊さんたちの前で仏の教えについて説いてみせたり、法皇様が天の河について疑問を持たれた時には、とっさに雲の精霊の話をして楽しませたりしてね。

ところがしばらくして、法皇様が病に伏すようになった……医者も原因が分からない病で、あちこちの寺から呼ばれた偉えお坊さんたちが七日祈禱《きとう》しても、よくならなくてね。そんな中で、当時の陰陽師《おんみょうじ》がその寵愛《ちょうあい》されていた女官を怪しんで、その正体を見抜いたんだべ――『この女官は狐《きつね》の妖《あやかし》で、法皇様を悪夢の中に閉じ込めている』とね」

「狐……？　その狐が、美しい女の人に化けてたってこと？」

「そう、美しい金色の毛並みで、二本の尾を持つ狐の妖――名を、『玉藻前《たまものまえ》』といってね。風で宮中の灯火が消えた夜に、玉のように光り輝いたことからそう呼ばれたみたいだね」

今となっては、遥《はる》か遠《とお》き日のおとぎ話。

語り聞かせるようなハルの言葉で、過ぎ去った途方もない年月を思い知らされる。

「玉藻前は正体を露《あら》わにして行方を晦《くら》ませた。だけど、陰陽師も討伐のために大軍を率いて追いかけてきてね、七日七晩の激しい戦いの末、玉藻前は追い詰められてしまった。

そこである山に逃げ込んだ時、玉藻前は変身の術を使い、今度は小さな蝉に化けて桜の木の裏に隠れた。

けれどそれも見破られて、八日目の朝方、ついに討たれちまったんだべ。近くにあった鏡のように澄んだ池の水面に、妖狐の姿が映り込んでしまったせいでね」

──『昔は水の鏡って言われるほど澄んだ池だったらしくてね。池に映った人ならざるものの、真《まこと》の姿を明らかにしたっていう伝承があるんだべ』

「もしかして、それが水鏡映《みかがみうつ》しの由来の……」

「ああ、その話も昔したんだったね。玉藻前が討たれたその池は『鏡ヶ池』と呼ばれて、そのすぐ傍《そば》に神社が建てられたんだべ。おらもよく参りに行ってたから、神社が町の中に移るって聞いた時は残念でね。せめて祠だけは残してもらうようにって頼んだくらいだったんだべ。思い詰めていたおらのことを、助けてくれた神様の居場所だったからね」

その祠は、今となっては社《やしろ》の片割れ。

ハルの信心深さ、想《おも》いの強さが残してくれたもの。

「そっか……じゃあ、おばあちゃんのおかげだったのかも。私がセミちゃんに会えたの」

「おらのおかげ？」

「おばあちゃんが頼んで残してくれた、その祠に宿った神様だったのかもって……おばあちゃんが信じてる神様から分かれてできた、神様の子供みたいな」

「ああ、分霊《わけみたま》のことだね。本当に子供なら、おらも会ってみたかったべ」

「おばあちゃんも、あの池に落ちて神様と会ったんだよね。どんな夢だったの？」

「さあ、どうだったかね。もう随分と昔のことだから」

「思い出せなくなったってこと？」

「いいや、ただ照れくさいだけだべ。今まで、誰にも信じてもらえねえ話だったから……でも、そうだね。その時は『玉ちゃん』なんて呼んでたっけね」

「玉ちゃん？」

「初めて会った時はね、神様だとは思わんかったから。玉藻前じゃ、どうにも呼びにくくてね」

微《かす》かに気恥ずかしげな顔をしたハルを見て、晴は小さく破顔する。

「私はおばあちゃんの話、信じるよ。むしろ納得がいくことばっかりっていうか……私が出会った子も、神様かは分からないけど、本当の姿は小さな狐だったし。それに、蟬《せみ》みたいだからって、私もセミちゃんなんて呼んだりして。まさか伝承の中でも、蟬に化けてたなんて思わなかったけど」

「そうかい？　だけど蟬っていうのは、本当の蟬のことじゃあなくてね——その神様は、空蟬に化けていたんだべ」

「空蟬《うつせみ》……？」

「そう、空の蟬と書いて、空蟬。古い言葉では『この世に生きている人』って意味でね。

『現身《うつしみ》』って言葉に通じていて、妖怪がこの世の人に化けていたことを言ってるんだべ。より妖怪らしくするために、蝉に化けたなんて言ってるけどね」

「もしかして、それも神様から聞いたこと？　夢の中で」

「いいや、おらが勝手にそう思ってるだけでね……おらは伝承の中で言われるほど、ひどい妖怪だったとは思ってねえんだ。ただ寂しがり屋で、人の愛し方を知らねえだけで。法皇様を夢の中に閉じ込めようとしたのもね、ただ好きな人と、ずっと二人きりでいたかっただけなんだべ。ほかの誰からも好きになってもらえなくても、この人とだけはって……なんて、これもおらの勝手な考えかもしれねえけど」

——『ずっと、傍にいたい。晴の傍に』

「おばあちゃんの言ってること、分かるよ。私が出会った子も、ずっと一緒にいたいって言ってくれたから。私も、ずっと一緒にいるって約束した……」

——『晴にとって、わたしはよくない存在。ずっと一緒にいても、不幸にさせるだけ。全部、わたしのわがままだったから』

「でも、それじゃダメだったの。あの子とずっと一緒にいることは、甘えることだったから。向き合わなきゃいけないことから、目を背け続けていくことだったから。だから目を覚ましたんだと思うの。あの子とずっと一緒にいられる夢の中じゃなくて、あの子がいない現実の世界に」

――『晴はもう、わたしと一緒じゃなくていい。一緒じゃない方がいい。ちゃんと前を向いて歩いていけるから』

「けど、本当にこれでよかったのかなって……やっぱり思うの。私ばっかりが救われて、ずっと一緒にいたいっていうあの子の気持ちに応えてあげられなくなって。本当に、よかったのかなって」

後悔を滲《にじ》ませたような晴の声に、ハルはやはり柔和に微笑《ほほえ》みかける。

「もうこの世にいねえなんてこと、絶対にねえべ」

「え？」

「神様は、いつもおらたちのことを見守ってくれてる。おらはいつも、そう思って祈ってるからね」

「……うん。夢の中のおばあちゃんも、同じようなこと言ってたよ。見守ってくれてるって。最初の日、兄さんとあの山に登った時から、ずっと誰かに見つめられてるような、そんな感覚があって……結局、あれはセミちゃんが見ててくれたからなのかなって。

初めは、ちょっと不気味に思ったこともあったけど。セミちゃんがいてくれたおかげで私、色々なことをがんばれたから。だからこそ、一緒にいてあげたかったのに……」

「大丈夫だべ。それがおらたちの神様だから」

「私、たちの？」

「そう。傍で見守ってくれてる。ずっと、今だって——ねえ、玉ちゃん、ちゃん？」

その時だった。

ハルの目がわずかに開かれ、その顔が上がった時、
わたしと、目が、合った。


ハルの両目が確かに、晴の傍に立つわたしへ向けられている。

それを確信した時、驚きが霹靂《へきれき》の如《ごと》く駆け抜けた。

「玉ちゃんって……もしかして、今もいるの？」

辺りを見回しながら晴が訊《たず》ねると、ハルは目を細めて微笑む。

「ああ。玉ちゃんはそういう神様だって、おらは信じてっから」

再び発せられた懐かしい呼び名に、わたしはようやく我を取り戻す。

……まったく、またこうもたやすく驚かされることがあるとは。

ハルの目に、わたしの姿が映ることはもうありえない。

ここはわたしたちにとって、あの頃の夢のような、都合のよい世界ではないのだから。

それでも、ハルは信じてくれている。わたしが今も傍にいることを。

ゆえにわたしも、応えたかった。ただ伝えたかった。

ハルの望み通り、ずっと見守ってきたことを。

たとえ姿を現せずとも、共にいたことを。

それが晴にとっても、新たな希望に繋《つな》がるというのなら。


――よくがんばったね、ハル。


閉じられたはずの部屋の中で、ハルの白い前髪がふっと吹き上がる。

ハルは不思議そうな顔をしたが、やがて嬉《うれ》しそうに口元を綻ばせた。

「おばあちゃん？　どうかしたの」

「いいや……今、懐かしい声が聞こえた気がしてね」

「声？」

「そう。だから、晴もきっと大丈夫だべ。晴ががんばって生きる限り、傍にいてくれるはずだから。ずっとずぅっと仲よしの、友達みたいにね」

布団の上にあった晴の手を握りながら、励ますようにハルは言った。

すっかりしわがれていながらも、まっすぐで力強い響きのある声が、不安げだった晴の顔を柔らかに微笑ませる。

「……私、来年もまた来ていいかな」

「ああ、いつでも来ていいんだべ」

「今度こそ、ちゃんと自分の力で登ってみせるから。セミちゃんに、いつでも会いに行けるように」

若葉のように晴れやかな顔が、ハルの笑みをいっそう深いものにさせる。

わたしも人知れず頷《うなず》きながら、親友の表情を真似《まね》るように目を細める。

会いに行ってあげるといい。

きっとあの子も、待っているはずだから。

たとえわたしのように、空《から》の声にしかならずとも。

それがハルに届いたように、晴にもきっと伝わるはずだから。

幻ではなく、吹きそよぐ風のように——。

七月が去り、今は八月。
初花《はつはな》晴の夏は、まだ始まったばかりだった。

§

淡い緑色をした木の葉が、ひらひらと地面に落ちてくる。
山の中。眩《まばゆ》い日なたと、涼しい日陰のちょうど境目。
きらきらと水面《みなも》を光らせる池まで続く、林に囲まれた小道の途中。
夏の入り口のような場所に、わたしは立っている。
あの日も、きっとこんな夏だった。
夢の中、わたしは独り待っていた——はっきりとした寂しさに体を震わせながら。
寂しさから逃れる術《すべ》を、わたしは知っていたはずだった。
それでも、わたしは待ち続けていた。
同じ夢に落ちたあの子が、声をかけてきてくれることを。
独りぼっちなんかじゃないって、わたしに教えてくれることを。

ふと、二人分の足音が聞こえて、わたしは顔を上げる。
見覚えのある兄妹《きょうだい》が、わたしの横を賑《にぎ》やかに通り過ぎていく。
ああ、そっか——だからわたしは、ここにいたんだ。
自分の足で、確かに道を踏み締めながら歩いていく二人を見て、人知れず微笑む。

きっともう、あの子が声をかけてくれることはない。
わたしの声が、届くこともない。
友達のように遊ぶことも。勘違いして、口づけをすることも。
膝枕をしてもらうことも。お互いに抱き締め合うことも。
わたしのことを、『好き』って言ってくれることも。
もう二度と、追いかけてきてくれることもない。
それでも、わたしはずっと待っていた。
あの子が、自分の足で歩いて、またこの場所に来てくれる今日を。
小さな風が吹き抜ける予感がした時、わたしも一歩を踏み出した。
どこか寂しげに遠ざかっていくあの子に、どうしても伝えたくて。

――がんばって、晴。

それはきっと、束《つか》の間《ま》の奇跡。
振り返ったあの子と目が合った瞬間、一滴《ひとしずく》の涙がわたしの頰を伝う。
小さく手を振ると、どこか懐かしそうに、あの子が微笑んでくれる。
わたしも真似るように、ひっそりと笑ってみせる。

がんばって、晴。
ずっと、いつまでも見守っているから――そう心に誓いながら。

あとがき

ご無沙汰しております。界達《かいたつ》かたるです。

このあとがきをしたためているのは六月半ば、ちょうど梅雨入《つゆい》りした頃のことです。しかし今日は、梅雨入りしたとは思えないほど見事な快晴で、真夏と変わらないような日差しが燦々《さんさん》と降り注いでいます。この物語が皆様の目に初めて触れる日も、今日のような夏らしい晴れ渡った空であることを願っています。

早速ですが、謝辞を——前作である『十五《じゅうご》の春《はる》と、十六夜《いざよい》の花《はな》』では、多くの方々からご支持をいただき、その結果、『このライトノベルがすごい！　２０２４』にランクインを果たすことができました。

いわゆる『このラノ』へのランクインは、私がライトノベルを書き始めた頃からの夢の一つだったので、実際に誌面で拙作の書影や、皆様からの推薦文などを目にした時には、本当に嬉しい気持ちでいっぱいになりました。

こうして本作『七月《しちがつ》の蟬《せみ》と、八日目《ようかめ》の空《そら》』を上梓《じょうし》するに至ったのも、皆様からのご支持や温かいご感想があったからこそだと思っています。心より感謝を申し上げます。

すでに本作をお読みの方はお察しのことと思いますが、本作と前作はタイトルの形式こそ似ているものの、現時点ではストーリー上の繋《つな》がりがあるわけではありません。どちらも独立した単巻ラノベとして、それぞれで楽しんでいただける内容になっています。

しかし、物語として正統な続編でないからといって、シリーズものではないというわけでもないかもしれません。前作が『春』の小説なら、本作は『夏』の小説――いわゆる『季節』で続いていくシリーズ、と考えることもできます。

加えて前作と本作では、『主要キャラが共に十五歳であること』や、『タイトルに数字が入っていること』などの共通点もあります。特に『十五歳』の点について掘り下げると、表紙に記されている英題は両作ともに、単語の頭文字が『F』である点もこだわりの一つだったりします――そういえば『四季』も、英語にすると『F』から始まりますね。

つまり『十五歳の四季シリーズ（仮称）』という感じなのですが、こんな風に書いてしまうと、次回作は当然『秋』の小説で、最後には『冬』で締めくくる小説が出るのだな、と思われるかもしれません。

現時点では、次回作がどうなるか分からない段階ではあるのですが、すでに『秋』の小説は構想があるので、シリーズとしてぜひ繋げられればとは考えています。仮のタイトルは『三秋《さんしゅう》の想《おも》い、四時半《よじはん》の夕凪《ゆうな》ぎ』――古寂《ふるさ》びた港町が舞台の、『時間』と『別れ』をテーマにした伝奇的な青春小説の予定です。

タイトルの数字はおよそ半分ずつ減っていくので、もし『冬』へと続けば、タイトルの数字は『一』と『二』の組み合わせになりますね。ただ『冬』については今のところ構想すらない状態なので、前述の『秋』の小説が出せたらちゃんと考えたいと思います。

さて、肝心の本作ですが、私にとってはこれまでの集大成のような小説でした。今回初めて私の小説を読んでくださった方には『なんのことやら』状態だとは思うのですが、夏の田舎町が舞台だったり、バスケを描いたりしている部分は、実は原点回帰的な要素で、それらを今の自分だからこそできる表現で物語を紡《つむ》いだつもりです。

ちなみにですが、私の場合は作品のテーマを英題に忍ばせていることが結構あります。たとえば前作の英題（表紙の最下部に記載）は『Fleeting Flower Fictions』でしたが、本作は『Forever Friend Fictions』でした——すでに本作をお読みの方であれば、なんとなく納得していただける英題なのではと思いますが、いかがだったでしょうか。

できるだけ多くの方々に、この物語に触れた時間が特別なものになること、日常生活においてなにか希望を持つきっかけになることを切に願っています。

それでは再度になりますが、謝辞を——絵師の古弥月《こみづき》様、この度も素敵なイラストをいくつも描いていただき、本当にありがとうございました。前作に引き続き担当をご快諾くださったことは、本作にとってなによりの幸いだったと思っています。また新たな物語で古弥月様が描かれるキャラクターたちに会える日を心待ちにしています。

そして編集部の皆様にも謝意を。今回も担当さんには大変お世話になりました。いきなり原稿から始まった前作と違い、企画・プロットから始まった本作においては設定制作の段階から多くのお力添えをいただくことができ、感謝の念に堪えません。今後ともどうぞよろしくお願いいたします！

そのほか拙作に携わられたすべての方々、並びに読者の皆々様にも、重ね重ね御礼申し上げます。本当にありがとうございました！

再び物語を通して皆様とお目にかかれる日を祈りつつ、ここに擱筆《かくひつ》いたします。

界達かたる　拝

▼注記

Ｐ11は角川書店より刊行の『室町時代物語大成　第9』（横山重・松本隆信 編）に収録されている「玉藻の草子」の一節を筆者が口語訳・脚色の上、引用したものです。

講談社ラノベ文庫

七月《しちがつ》の蟬《せみ》と、八日目《ようかめ》の空《そら》
−晴《は》れ、ときどき風《かぜ》そよぐ季《すえ》の約束《やくそく》−

界達《かいたつ》かたる

2024年7月31日第1刷発行

発行者	森田浩章
発行所	株式会社　講談社 〒112-8001 東京都文京区音羽2-12-21
電話	出版　(03)5395-3715 販売　(03)5395-3605 業務　(03)5395-3603
デザイン	おおの蛍(ムシカゴグラフィクス)
本文データ制作	講談社デジタル製作
印刷所	株式会社ＫＰＳプロダクツ
製本所	株式会社フォーネット社

KODANSHA

ISBN978-4-06-536424-6　N.D.C.913　277p　15㎝
定価はカバーに表示してあります

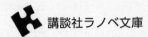

講談社ラノベ文庫

姫ゴトノ色
The Eyes of Blood

著:界達かたる　イラスト:西條ハルキ

豪奢な屋敷・姫裏家にて住み込みのアルバイトを始めた僕。
屋敷には三姉妹のお嬢様たちがいるらしい。
でも長女は不在で次女はなぜか行方不明。
三女のねむは天使のような見た目なのにわがまま放題。
だがのちに、ねむが自分の部屋から出ることができない少女であると知る。
その理由は――彼女の視界が、“血色”に染まっているから……？